La princesa rana

La princesa rana

E. D. Baker

Traducción de
Juan Tafur

Rocaeditorial

Título original: *The Frog Princess*

© E.D. Baker 2002
Este libro se publica o reimprime con el premio de Bloomsbury USA.

Primera edición: junio de 2008

© de la traducción: Juan Tafur
© de esta edición: Roca Editorial de Libros, S.L.
Marquès de l'Argentera, 17. Pral. 1.ª
08003 Barcelona
correo@rocaeditorial.com
www.rocaeditorial.com

Impreso por Brosmac, S. L.
Carretera Villaviciosa - Móstoles, km 1
Villaviciosa de Odón (Madrid)

ISBN: 978-84-92429-32-5
Depósito legal: M. 20.002-2008

*Este libro está dedicado a Ellie, Kimmy y Nate,
por su aliento y apoyo.
Quiero también expresar mi agradecimiento
a Victoria Wells Arms, Nancy Denton y Rebecca
Gardner por sus comentarios y sugerencias.*

Uno

Desde niña supe que el pantano era un lugar mágico, donde unos nacían y otros morían; un lugar en el que te topabas con amigos o enemigos insospechados y cualquier cosa podía ocurrir, aun si eras una princesa tan torpe como yo. Pero, aunque lo he sabido siempre, no lo comprobé hasta que el príncipe Jorge vino de visita y conocí al sapo de mis sueños.

Huyendo del príncipe, que era el favorito de mi madre aunque no el mío, me fui al pantano. No había planeado la fuga, pero en cuanto oí que ella anunciaba la visita decidí escapar y, como en el castillo nadie reparaba en mí, conseguí escabullirme sin ser vista. Cuando ya estuve a salvo en mi refugio, me pregunté cómo se lo habría tomado mamá. Me la imaginaba mirándome por encima del hombro mientras me sermoneaba sobre los deberes de una princesa. Porque, aunque procurábamos evitarnos la una a la otra, yo conocía bien esa mirada.

Por ir pensando en mi madre, estuve a punto de pisar a una serpiente que se había escurrido hasta el sendero por entre el pastizal. Di un grito y me aparté de un salto, con tal mala fortuna que se me enredó el tacón en la raíz de un viejo sauce. Abrí los brazos para no perder el equilibrio pero, al llevar una falda larga y gruesa y siendo fiel a mi torpeza, caí redonda al suelo, empapado de agua de lluvia. Un hervidero de saltamontes se dispersó alrededor mientras chapaleaba para ponerme de pie, pero el vestido ya se me había impregnado del pestazo del pantano. Desgraciadamente, por el hecho de nacer princesa no te conviertes en una persona más elegante ni más segura de ti misma; llevo catorce años lamentándolo.

Cuando por fin logré recogerme la falda y levantarme, la serpiente había desaparecido otra vez en el pastizal. Así que caminé por el borde opuesto del sendero, buscando con qué defenderme en caso de que volviera a aparecer.

—¡Muchas gracias! —dijo una voz ronca.

Eché un vistazo, pero no vi a nadie.

—¿Quién está ahí? —pregunté.

Aparte de mi tía Grassina, yo era la única persona del castillo que iba al pantano.

—Yo. Estoy aquí. No eres muy observadora que digamos, ¿eh?

Me volví hacia donde parecía provenir la voz y miré por todas partes. Sin embargo, no vi más que una poza de agua turbia bordeada de musgo, en uno de cuyos extremos había un macizo de juncos, en el que pululaban libélulas, moscas y mosquitos. Apostado en la orilla, un sapo me observaba; el bicho habló de nuevo y di un brinco. No me sorprendieron tanto sus palabras como el hecho de que fuera capaz de mover los labios. Porque, aunque estoy acostumbrada a la magia —tía Grassina es bruja—, hasta entonces ningún animal me había hablado.

—Esos saltamontes eran mi almuerzo, ¡y por tu culpa no podré atraparlos! —renegó el sapo apuntándome con un dedo membranoso—. Siendo tan grande y tan torpe tendrías que fijarte más dónde pisas.

—Lo siento —repliqué, ofendida—. Fue sin querer. Un... un accidente.

—¡Vaya! ¡Las disculpas no quitan el hambre! Pero eso a ti te tiene sin cuidado, ¿no? ¡Apuesto a que nunca has pasado hambre en tu vida!

Aquel sapo empezaba a fastidiarme. Ya tenía yo suficiente con morderme la lengua en presencia de mamá para que ahora me cohibiera un batracio.

—Para tu información —dije mirándolo muy seria—, no he comido nada en todo el día. Mi madre invitó al príncipe Jorge y tuve que fugarme de casa; no soporto pasar un día entero con él.

—¿Qué dices? —inquirió el animal haciendo una mueca—. ¡Saltarse una comida porque alguien no te cae bien! ¡Yo jamás haría algo así! Conozco a Jorge y ni siquiera por él... —Parpadeó y abrió los ojos como platos. Luego se aproximó mientras me observaba de pies a cabeza, como si me viera por primera vez—. Espera un momento... Si tu madre ha invitado al príncipe de visita, ¿quiere decir que eres una princesa?

—Puede ser —repuse.

Sonrió de oreja a oreja, se enderezó, cuadró sus hombros de color verde brillante e hizo una reverencia doblándose por la cintura, aunque, como es evidente, ésta no era tal.

—¡Disculpadme, alteza! Si hubiera sabido que erais una persona tan importante, no habría hecho esos comentarios tan atrevidos.

—No seas pesado —rezongué poniendo los ojos en blanco—. Detesto que me hablen así. Me caías mejor cuando no sabías que era princesa.

—¡Ajá! —exclamó, y saltó hacia mí sin quitarme los ojos de encima—. Conque te caigo bien, ¿eh? Oye, ¿podrías hacerme un favor? Es una cosita de nada.

—¿De qué se trata? —Me arrepentí en cuanto hube pronunciado esas palabras.

—¿Me harías el honor de darme un beso?

No pude evitarlo: se me escapó la risa, solté la carcajada, bramé y rebuzné; siempre me ocurre lo mismo cuando algo me hace reír. Unos pájaros negros alzaron el vuelo, como si les hubiera disparado con un tirachinas, y una tortuga resbaló de la piedra en la que tomaba el sol y cayó al agua. El sapo me miró con desconfianza.

—¿De verdad eres una princesa? Las princesas no se ríen así.

—Lo sé, lo sé —dije secándome las lágrimas—. Mamá me lo ha dicho mil veces: la risa de una princesa no debe sonar como el rebuzno de un burro, sino como una campanilla. Ya le he explicado que es superior a mis fuerzas; no consigo controlar la risa, sobre todo cuando me río de verdad. Me sale instintivamente, sin darme ni cuenta.

—Ya veo... ¿Y el beso, entonces? —Se puso de puntillas, alzó la barbilla y me ofreció los labios.

—Lo siento, no me interesa besar a ningún sapo.

—Es muy bueno para la piel, según dicen —insistió, y se acercó más.

—Lo dudo. Además, yo tengo la piel estupenda.

—¿No conoces aquel viejo refrán que dice: «Trae buena suerte besar a un sapo»?

—Pues no; no debe de ser tan viejo. Creo que te lo acabas de inventar. Y prefiero no tener buena suerte a que se me queden los labios pringosos. —Retrocedí con un escalofrío—. ¡No, no y no! ¡No insistas más!

Entonces suspiró, se rascó la cabeza con una pata y se lamentó:

—Tal vez no dirías eso si supieras que soy un príncipe convertido en sapo. Desafortunadamente, le dije a una bruja que se vestía fatal y no se lo tomó a bien.

13

—¿Qué tiene que ver esa historia con el beso?

—Si una princesa me besa, ¡volveré a convertirme en príncipe!

—No es precisamente un cumplido, ¿no? Lo único que quieres es que te bese una princesa, aunque sea vieja y fea. Pero a las chicas nos gusta que nuestro primer beso sea algo especial... Así que ¡no pienso besarte! Quién sabe dónde has estado, o tal vez me podrías contagiar una enfermedad terrible y... y debes de tener mal aliento a juzgar por lo que comes.

—¡Caray! —El sapo se empinó hasta donde puede empinarse un animal de su especie—. ¡Realmente eres una maleducada! Te he pedido un favor pequeñito y tú me insultas.

—No es un ningún favor pequeñito, y tú lo sabes. Yo sólo doy besos a otras personas. ¡Además, acabo de conocerte!

—¡Pero es importante! Es una cuestión de ser o no ser, príncipe o sapo.

—Lo siento. No tengo el hábito de besar a los extraños, sean príncipes o sean sapos. ¿Por qué no te buscas a otra? No faltará alguna princesa que acceda a tus deseos. Búscate alguna que no sea tan grande ni tan torpe como yo.

No tenía intención de admitirlo, pero los comentarios del bicho me habían molestado. Mamá no se cansaba de decirme lo mismo y me tenía harta.

—¡Claro! ¡Si lo pediré a cualquiera de las princesas que vagan por el pantano! ¡Todas se mueren por besarme!

Esta vez el sapo había ido demasiado lejos. Me recogí la falda, dispuesta a marcharme.

—Si vas a ponerte así, me voy. Hui del castillo para no aguantar la visita del petardo del príncipe, pero tampoco quiero hablar con un sapo que dice ser un príncipe y es igual de petardo.

—¡No! ¡Espera! ¡Vuelve; no puedes irte así! ¡Es una emergencia! ¿Es que no tienes compasión? ¿Dónde está tu solidaridad? ¡Dame un besito, por favor!

Me detuve al borde del sendero y, pese a que traté de hablar con serenidad, me temo que las palabras sonaron secas y cortantes, pues la situación no resultaba nada fácil.

—Me da igual si se acaba el mundo —rezongué—.

Tengo mejores cosas que hacer que atender a tus absurdos ruegos. ¡Buenos días, Sapo!

Y me marché, aunque él seguía mirándome desesperado como si estuviera en un aprieto tremendo. Y no fui capaz de quitarme de la cabeza esa mirada en todo el día.

Dos

Pasé el día visitando mis lugares preferidos del pantano: recorrí las trochas escondidas que bordeaban el traicionero lodazal y, ya en tierra firme, busqué el bosquecillo donde había descubierto dos cervatillos gemelos en la primavera; luego me tendí junto al estanque en el que se reflejaban las nubes peregrinas y regordetas. Cuando empezó a hacer calor de verdad, me quité los zapatos y las medias y crucé el riachuelo hasta la islita, sintiendo en las plantas de los pies la caricia de los guijarros pulidos por el agua.

Era ya tarde cuando regresé al castillo, pero en vez de ir a mi habitación, subí por la larga y estrecha escalera que trepaba hasta los aposentos de tía Grassina, más conocida como la Bruja Verde. Es hermana de mamá y vive en el castillo desde antes de que yo naciera. A diferencia del resto de mi familia, no me critica cada vez que me ve.

Llegué al final de la escalera, llamé a la puerta y esperé. Antes de abrir, mi tía siempre sabe quién va a visitarla y, según me dijo en una ocasión, es un don bastante útil porque así no responde a la llamada si se trata de personas inoportunas. No obstante, al cabo de unos segundos, la puerta se abrió de par en par y un pato amarillo soltó un palo que estaba royendo y se lanzó a morderme los tobillos.

—¡*Bowser*, vuelve aquí! —lo llamó mi tía desde la habitación—. ¡No he terminado todavía!

El pato saltaba de un lado al otro, haciendo cuac, cuac, mientras me tironeaba hacia el interior.

—¡Cierra la puerta, Esmeralda! —gritó mi tía desde su mesa de trabajo—. ¡Este perro estúpido no se está quieto y no he podido terminar el conjuro!

—¿Esto… es *Bowser*? —Traté de espantar la bola de plumas que ahora me mordía el zapato—. Como papá se entere de que has convertido a su sabueso preferido en un pato…

—Pato, perro, ¿qué más da? Lo convertiré otra vez en un mísero perro antes de que recites el alfabeto griego al revés. Veamos, ¿dónde estábamos? ¡Ah, sí! Ven, échale estos polvos mientras recupero el conjuro.

—¿Yo? ¡No, no! —Retrocedí para alejarme de la mano que me tendía—. ¡Lo fastidiaré todo! Acuérdate de los buñuelos de cangrejo.

Dije esto porque una vez que intenté hacer buñuelos mágicos, les salieron patas y echaron a correr. Tardamos varias semanas en atraparlos a todos, y cuando lo logramos, ya se habían pasado y estábamos hartos de tantos pellizcos.

—¡Uuuuf! —dijo tía Grassina—. Todos cometemos errores.

—¡Pero no tan graves! Mira, hace cuatro meses traté de embrujar mi cuarto para que se limpiara solo y... ¡todavía está limpiándose! Cada vez que se me cae algo en mi habitación, una brisita se lo lleva y lo arroja al estercolero. ¡No te imaginas cuántas medias y horquillas he perdido! De modo que no volveré a hacer magia; todo me sale fatal.

—Entonces ¿cómo te convertirás en bruja?

—¡No quiero ser bruja! —dije por enésima vez—. Sé que tú crees que debería intentarlo, pero sería una bruja pésima. Si meto la pata con simples conjuros para limpiar y cocinar, imagínate lo que pasaría con algo importante. ¡Acabaríamos todos con tres pies izquierdos, o metidos de cabeza en un pastel!

—Emma, por favor… ¡Claro que quieres ser bruja! Lo que pasa es que no sabes lo suficiente todavía. Date tiempo, ponte a practicar y serás una bruja estupenda, estoy segura. A ver, ¿dónde dejé ese pergamino? Estaba por aquí.

Dejé a mi tía con su pila de mohosos pergaminos y me acerqué a mi butaca favorita junto a la chimenea. En realidad a menudo soñaba con ser una bruja como ella, pero eso de vivir practicando y que nada me saliera bien… Me dejé caer en la butaca y cerré los ojos. Y de ese modo el mal día que llevaba a cuestas se fue disipando gracias a la calma que reinaba en aquella maravillosa habitación.

A diferencia del resto del castillo —frío, húmedo y sombrío—, el cuarto de mi tía era agradable y acogedor: un pequeño fuego, que ardía siempre tras la ornamentada rejilla de hierro de la chimenea, entibiaba todos los rincones, aunque nadie le ponía leña; resplandecientes esferas de luz mágica se apoyaban en el techo tiñendo de color rosa los blancos muros y los tapices de vivos colores, y gruesas alfombras, tejidas en varios tonos de verde, cubrían las losas de piedra de tal modo que parecía el suelo de un bosque bañado por el sol. A veces se olía a menta molida y ramas de pino, como las que decoraban el Gran Salón en las fiestas de invierno, y otras veces, a tréboles veraniegos, recalentados por el sol.

Delante del hogar había dos butacas con mullidos cojines y una mesita sobre la que lucía un florero. En éste retoñaba un ramo de flores fragantes y cristalinas, regalo de las hadas; dentro del ramo vivían varias mariposas de vidrio, cuyas delicadas alas repicaban al revolotear entre los capullos. Yo solía pasar las horas arrellanada en una de las butacas, mientras mi tía, sentada en la otra, me contaba historias de tierras lejanas y tiempos remotos.

Pero ésos no eran los únicos portentos de aquella habitación: uno de los tapices representaba detalladamente una ciudad en miniatura, donde peleaban un unicornio y un león. En una ocasión toqué al león con el dedo y me dio un mordisco que me arrancó un trocito de piel. Me eché a llorar a gritos y mi madre me regañó por decir mentiras, pero tía Grassina me guiñó el ojo y me vendó el dedo con una telaraña.

Una bruja de mar, llamada Coral, le había regalado a mi tía un gran bol de agua marina, que contenía una réplica diminuta de un castillo, con torres y murallas incluidas. La reproducción era perfecta hasta el mínimo detalle, pues incluso había algunos bancos de peces minúsculos que nadaban alrededor. A veces, después de caer el sol, en las ventanitas del castillo brillaban unas luces muy pequeñas; nunca me había fijado mucho en ellas hasta un tarde invernal (yo tendría unos nueve años) en que fui a visitar a mi tía. Ese día Grassina tardó más de la cuenta en abrir y, cuando apareció, llevaba el pelo mojado y se lo estaba secando con una toalla. El cuarto olía intensamente a pescado, y al preguntarle qué había estado haciendo, sonrió y fue a cambiarse de ropa. Mientras tanto, me acerqué a la chimenea para calentarme las manos y pisé un charco en la alfombra. Se me ocurrió pensar que el bol se habría desbordado y, al mirarlo, distinguí un centelleo plateado y azul. Me apresuré a acercarme más y miré dentro: una sirena minúscula se escabullía hacia una de las puertecillas; cuando llegó, la abrió de un tirón y volvió la cabeza para echar un vistazo; al verme, me miró muy alarmada y se marchó dando un portazo. Entonces comprendí que el bol era mucho más que un adorno.

21

A todo esto, el pato graznó y el sonido estremeció la silenciosa habitación. Me incorporé en la butaca y miré a ver dónde estaba mi tía: desentendiéndose del pato, se había encaramado a un elevado taburete ante la gran mesa de madera, mientras que el animal mordisqueaba la pata de ésta. Grassina, de cabellos muy abundantes y rojizos —igual que los míos—, llevaba una vieja pluma de escribir ensartada en la cabellera.

Dicen que mi tía y yo nos parecemos, aunque ella tiene la nariz fina y recta y, en cambio, la mía es prominente como la de papá; ambas tenemos los ojos verdes, pero los suyos son más claros; en las contadas ocasiones en que sonríe, lo hace de una forma encantadora; sin embargo, la sonrisa no se le refleja en la mirada.

Según mi niñera, que se jubiló hace tiempo, la tía era muy alegre de joven, pero mi abuela y los años le cambiaron el carácter.

Grassina iba siempre de verde. Ese día llevaba un vestido del color del musgo en verano, holgado y sin forma ni estilo precisos, que le caía desde los hombros; siempre se vestía como le apetecía, sin pensar en la opinión de los demás. Yo no tenía la misma suerte, pues, como mamá me repetía sin cesar, una princesa siempre está en exposición...

Mi tía, absorta en su trabajo, sostenía con ambas manos un pergamino a medio desenrollar; otros se amontonaban sobre la mesa o se desparramaban por el suelo. Los últimos rayos del sol entraban por la ventana y, planeando sobre la mesa, convertían la bola de cristal de predecir el futuro (como la que Grassina me había regalado por mi cumpleaños) en una esfera de luz cegadora. Entre los pergaminos, una pequeña serpiente de color verde manzana tomaba el sol.

—¿Para qué sirven todos esos conjuros? —pregunté a mi tía.

Levantándome de la silla, me aproximé a la mesa y me puse a su lado. Entonces la serpiente alzó la cabeza y me sacó la lengua. Retrocedí un par de pasos temblando; nunca me acostumbraría a su presencia, aunque llevaba viéndola toda la vida. Las serpientes me daban pánico, sean del tipo que fueran y tuvieran buen o mal carácter.

—Encontré el conjuro del pato mientras ordenaba los pergaminos, y se me ocurrió ponerlo en práctica cuando apareció *Bowser*. A ver, ¿dónde lo he puesto ahora? Estaba por aquí... —Se giró y me miró enarcando una ceja—. Tengo la sensación de que quieres hacerme una pregunta, ¿o me equivoco?

—¿Alguna vez has convertido a una persona en algo; por ejemplo, en un sapo?

—Por supuesto. Es un conjuro sencillo y fácil de recordar. Me he convertido a mí misma muchas veces. ¿Por qué?

—Pues porque hoy he conocido a uno que asegura que es un príncipe. Pero no sé si decía la verdad.

—Es difícil saberlo. Puede tratarse de un príncipe, o simplemente un sapo que habla. Algunas brujas tienen un sentido del humor muy peculiar, como yo misma, sin ir más lejos.

—Y suponiendo que sea un príncipe, ¿qué tendría que hacer para volverse otra vez humano?

23

—Depende de la bruja que lo haya encantado, pero ella debería habérselo dicho. Si el conjuro no pudiera eliminarse o la bruja no se lo indicó, el encantamiento no daría resultado. Lo más frecuente es que tenga que pedirle a una doncella, preferiblemente a una princesa, que le dé un beso. Ya deberías saberlo. Cuando yo era joven, algunas chicas no tenían más remedio que besar a un sapo para salir con alguien. Yo me pasé años buscando a esos bichos en estanques y pantanos; aunque, claro, en esa época yo buscaba a un sapo particular.

—¿Buscabas a tu novio Haywood?

—Así que conoces la historia, ¿eh? Pues sí, lo buscaba a él. Lo llevé a casa para presentárselo a tu abuela, pero a ella no le gustó y Haywood se esfumó para siempre. Yo estaba convencida de que lo había convertido en sapo, porque la abuela no tenía mucha imaginación. Pero por más que busqué nunca lo encontré. No comía ni dormía y me pasaba los días en el pantano besando a todos los batracios que andaban por ahí. Mi madre me amenazó con encerrarme en una torre abandonada si no reanudaba mis estudios. Pero es que no se trataba simplemente de mi novio, sino que Haywood y yo estábamos comprometidos, íbamos a casarnos. Ha sido el único hombre al que he amado en la vida.

—Entonces para convertir otra vez en príncipe a un sapo... —insinué intentando volver al tema.

—¡Ay, tienes razón! Pues no, no tiene que ser precisamente un beso. Podría ser cualquier cosa, dentro de ciertos límites, claro. Porque si un hechizo es muy fácil de romper no dura mucho tiempo. Pero si es imposible eliminarlo, va contra las leyes de la magia y tampoco dura demasiado. Todo tiene que ser más o menos justo, ¿sabes? Por cierto, ¿te parece justo haberte escapado esta mañana y que yo tuviera que lidiar con tu madre? Chartreuse se puso como un pavo real mojado cuando desapareciste. Me vi obligada a decirle que te había enviado a hacer un recado y ahora está enfadada conmigo otra vez.

—Lo siento —me excusé esquivando su mirada—. Gracias por cubrirme las espaldas. Mamá invitó al príncipe Jorge, ese que se pasa todo el rato fanfarroneando y dando a entender que no existo. No sé para qué quieren que yo esté presente, si ni siquiera me dirige la palabra. Para él soy como un mueble.

Entonces *Bowser* lanzó un extraño aullido y se puso a arañar la falda de mi tía con sus patas palmípedas. Al ver que no le hacíamos caso, la emprendió a picotazos contra la pata de la mesa.

—No pasa nada, por esta vez —dijo Grassina apartándose un mechón de delante de los ojos—. Pero a lo mejor un día no estaré a mano para defenderte, y tendrás que hacerle frente tú solita. En fin... se ha hecho tarde, y sospecho que no has comido nada. Ve a la cocina a buscar algo porque no tengo tiempo para cocinar y no podré trabajar si sigues distrayéndome. A ver, ¿dónde he dejado ese pergamino?

Tres

A la mañana siguiente salté de la cama antes de que los demás se despertaran. Me puse el vestido azul oscuro y la túnica azul clara, cogí unos zapatos, que eran los terceros en orden de preferencia, y me deslicé con ellos bajo el brazo por la escalera, tiritando al pisar los helados escalones. Según me había informado la criada, mamá se había ido a dormir con jaqueca la víspera, por lo que no nos habíamos visto todavía y, como buena cobarde, yo había decidido abandonar el castillo y alejarme de allí antes de que viniera a interrogarme sobre mi desaparición del día anterior.

El sol asomaba ya por las colinas lejanas cuando llegué al borde del pantano. Un irritante mosquito zumbaba en círculos sobre mi cabeza. Entonces tropecé y caí en medio de la hojarasca y más mosquitos se me arremolinaron alrededor. Cerca de la poza había un inmenso enjambre de moscas negras, pero ninguna se me posó encima porque me había rociado con el repelente de salvia amarga que fabricaba Grassina. El ronroneo de los bichos me puso muy nerviosa, de tal manera que les lancé un manotazo y, sorprendentemente, le di a una mosca grande que cayó rebotando en el agua.

¡Eslurp! Una larga lengua de sapo atrapó al insecto.

—¡Gracias! —dijo una voz conocida—. Justo lo que necesitaba.

—No era mi intención darte de comer —le espeté—. Pero detesto a las moscas; ¡qué pesadas son!

—A mí me encantan —replicó el sapo—, aunque algunas son un poco saladas. Bueno, dime, ¿has dormido bien esta noche? ¿No te ha remordido la conciencia por haberme abandonado cuando más te necesitaba?

—Pues no, no he dormido bien…

—¡Ajá!

—Pero no tengo remordimientos, sino curiosidad … ¿Quién dices que eres exactamente?

—Soy su alteza el príncipe Eadric de Montevista Alta. —El sapo hizo un gesto pomposo con la mano y se quedó mirándome—. ¿Qué te parece? ¿Me das mi beso?

—Que tú asegures que eres el príncipe Eadric no significa que lo seas. Los juglares son bastante chismosos y, si algún príncipe hubiera sido convertido en sapo, yo me habría enterado.

—Primero tendría que haberse enterado alguien más, pero dudo que los míos tengan conocimiento de esta calamidad que me ha sucedido. Por otra parte —añadió en voz baja— puede que estén tratando de guardar las apariencias; eso pasa siempre en mi familia.

—Y en la mía —afirmé—. Mi madre no tarda ni un momento en hacer desaparecer las situaciones embarazosas; parece que ella sea la bruja en vez de mi tía.

—¿Tienes una tía bruja? —preguntó, inquieto—. ¿Es… es muy fea y tiene el pelo como un puercoespín? ¿Es mala, vil y cruel cuando alguien critica su manera de vestir?

—No, no, nada de eso. ¡Es fantástica! Es la mejor tía del mundo, y la única persona de la familia que no se burla de mí porque soy torpe, ni se pasa la vida diciéndome que tengo que ser una damita. Me ha enseñado muchas cosas útiles que a nadie se le habrían ocurrido y, además… ¡te da unos regalos estupendos! Mis padres siempre me regalan ropa y cosas aburridas en mi cumpleaños, pero ella me ha obsequiado con objetos geniales, como mi bola de cristal, una botellita de perfume que nunca se acaba, o este brazalete, que, además de ser precioso, es mágico. —Moví la mano con energía y el brazalete tintineó alegremente—. También me enseñó lo que significan estos símbolos, pero yo era muy pequeña y ya no me acuerdo. Pero el brazalete me encanta. Brilla en la oscuridad, ¿sabes?, y lo llevo puesto noche y día.

29

Unos mosquitos se pusieron a merodear por mi cuero cabelludo, que era el único sitio donde no me había puesto salvia. Al tratar de apartarlos a manotazos, una de mis peinetas aterrizó en el barrizal; la saqué de un tirón y me salpiqué la manga de barro.

—Bueno, tengo que irme —dije—. Si de verdad eres el príncipe Eadric, tendrás que demostrarlo.

—¿Cómo?

—No lo sé. Piénsatelo. Ya volveré cuando pueda.

Regresé corriendo a casa, perseguida por la nube de insectos, aunque daba igual a donde fuera porque la mañana pintaba fatal; sentía ya un nudo en el estómago, puesto que no podría seguir evitando a mi madre mucho más tiempo. Sin embargo, traté de distraerme pensando en la petición del sapo; si de verdad era el príncipe Eadric, estaba metido en un lío enorme y me necesitaba. Y a mí se me rompía el corazón al ver sufrir a un animal, pese a que no se tratara de un príncipe encantado. Por otra parte, si toda aquella historia era tan sólo un truco, igualmente quería averiguarlo; era capaz de meter la pata perfectamente yo solita sin ayuda de nadie.

Mamá debía de haber alertado a todos los criados porque en cuanto pisé los terrenos del castillo, el jardinero mayor me interceptó el paso y me llevó a empujones hasta los aposentos de mi madre. Pero, aunque estaba deseando verme, no parecía demasiado contenta de tenerme ante su presencia.

—Conque aquí estás, ¿eh? —dijo, y como siempre me repasó de pies a cabeza—. ¡Ponte derecha, Esmeralda! ¡No te encojas! ¡Pero, mírate, tienes el pelo hecho un desastre, el vestido sucio y los zapatos embarrados!

Empinó la barbilla y olfateó el aire con distinción. Las fosas nasales se le ensancharon ligeramente y las casi invisibles patas de gallo se le marcaron un poquito.

—Buenos días, mamá. No quería disgustarte.

—Has estado otra vez en ese pantano apestoso, por lo que veo —dijo haciendo una mueca de repugnancia.

—Sí, mamá.

Me concentré en los rizos de su cabellera. Todas las mañanas pasaba horas peinándose, de modo que jamás la habían pescado sin que sus cabellos de color de miel estuvieran en perfecto estado.

—Es una pena que no estuvieras aquí ayer. Pasé un rato delicioso con el príncipe Jorge. Realmente es encantador.

—Sí, mamá.

Las palabras salían de mis labios con dificultad. El príncipe era encantador con todos menos conmigo. La primera vez que lo vi resbalé al entrar en la habitación pero, en lugar de ayudarme, se echó a reír y me hizo sentir aún más tonta. Desde entonces nuestra relación fue de mal en peor.

—Te tengo preparada una sorpresa maravillosa, hija, y deberías agradecérmelo.

—Gracias, mamá —dije preguntándome qué sería.

La última vez que le di las gracias sin saber por qué, estaba enferma y mamá había hecho venir a un cirujano para que me pusiera sanguijuelas. Confiaba en librarme de ellas esta vez, pero con mi madre nunca se sabía.

Sonrió muy satisfecha y, mientras se colocaba bien los encajes de las mangas, me dijo:

—He iniciado las negociaciones de tu matrimonio y, en principio, hemos acordado que te casarás a finales del verano.

Se me cayó el alma a los pies. ¿Casarme yo? ¿Y con el príncipe Jorge? A nadie se le habría ocurrido que estuviéramos hechos el uno para el otro: yo no daba pie con bola en sociedad, tenía terror a hablar en público y nunca sabía qué decir; en cambio, Jorge era apuesto, refinado y tan pagado de sí mismo que incluso hacía arrodillar a su caballo cuando él entraba en el establo. El cirujano y las sanguijuelas habrían resultado una sorpresa más agradable que ésa.

31

—¡Pero no puedo casarme con él! ¡No estamos enamorados!

Mamá me lanzó tal mirada que di un paso atrás.

—¿Qué tiene que ver eso? —preguntó—. Las esposas enamoradas de sus maridos no son la regla, sino la excepción. Deja de lloriquear y conténtate con que él quiera pedir tu mano. Muy pocos príncipes estarían dispuestos a casarse con una chica tan patosa. No eres distinguida ni graciosa, a pesar de todos mis esfuerzos. ¡Ojalá hubieras sido chico, como queríamos tu padre y yo! Tal vez entonces habría sacado algún partido de ti. Pero tal como están las cosas, no puedes aspirar a ningún pretendiente mejor, así que espero que te comportes como es debido. ¡Ay, mira lo que has conseguido! Me está volviendo la jaqueca.

Casarme con Jorge sería un error terrible... Estaba tan desolada que no podía dejar pasar la oportunidad de protestar.

—Mamá —dije—, ¡Jorge es un bobo! ¡No puedo casarme con él!

—Conozco a muchas mujeres que están felizmente casadas con un bobo. Las negociaciones ya han comenzado y nadie está pidiendo tu aprobación. Tendrías que agradecerme que me tome la molestia de conseguirte un marido. ¡Vamos, vete a buscar a mi criada! La cabeza me está matando.

Mi desesperación fue absoluta al pensar que debería abandonar mi hermoso pantano para casarme con semejante pelmazo! Después de encontrar a la criada y enviársela a mi madre, fui en busca de tía Grassina, pero hallé cerrada la puerta de la torre. Clavado en la gruesa madera había un cartel en el que habían escrito unas líneas con zumo de mora, que todavía chorreaban:

¡Estáis advertidos, intrusos! Los dragones os arrancarán el corazón si cruzáis esta puerta sin haber sido invitados, y los gusanos se comerán vuestros sesos. Si se trata de un envío a domicilio, por favor, dejadlo en el suelo. Esmeralda, estaré fuera unos días. Ya te buscaré cuando regrese y haremos una de tus tartas favoritas de frutas.

Grassina, la Bruja Verde

Tenía que hablar con alguien acerca del plan nefasto de mi madre, de modo que busqué a algún amigo que quisiera escucharme, pero fue en vano: Fortunata, la hija de la dama de honor preferida de mamá, estaba en cama con catarro y no podía recibir visitas (en el fondo, mejor, porque era una estirada y probablemente se moría por casarse con Jorge); Violeta, la criada encargada de la alacena, estaba de muy mal humor porque fregaba por segunda vez la cocina; a Bernard, el aprendiz del jardinero, lo estaban regañando en ese preciso momento por no haber exterminado todas las babosas del jardín, y Chloe, la segunda costurera, estaba ayudando a la costurera mayor, que cosía un vestido nuevo para mamá. Traté de pensar en alguna otra persona con quien hablar, que no estuviera demasiado ocupada ni demasiado impaciente para que la conversación mereciera la pena. Por algún motivo, no podía quitarme de la cabeza al sapo del pantano; era grosero y sarcástico, pero por lo menos parecía tener ganas de charlar conmigo.

Así pues, regresé al pantano a toda prisa sorprendiéndome de lo ansiosa que estaba por volver a ver al animal. Lo encontré sentado en su hoja de lirio y sonreí por primera vez en el día.

—No has podido resistir la tentación, ¿eh? —comentó al verme—. Lo siento, pero no se me ha ocurrido cómo demostrarte que soy un príncipe. No obstante, puedo contarte algunas de mis hazañas; seguro que los juglares ya han compuesto alguna canción sobre ellas. Una vez, por ejemplo...

—No te preocupes por eso ahora. ¡Necesito hablar con alguien porque mi madre me ha hecho una cosa espantosa! ¿A que no adivinas qué es?

—Te ha atornillado los zapatos en el suelo.

—¡Anda ya! ¿Por qué iba a hacer eso?

—¡Ha puesto a lavar tu ropa blanca con unas medias rojas!

—Pero ¿qué dices? ¡Es muchísimo peor!

—¡Te ordenó besar al primer sapo que encontraras! —Y entornó los párpados.

—¡Nada de eso! Ya te lo he dicho, nunca lo adivinarás: ¡está acordando mi boda con el príncipe Jorge!

—No lo dirás en serio. No me imagino a nadie casándose con ese joven, porque está tan enamorado de sí mismo que no podría vivir con nadie más. ¿Has visto alguna vez cómo se mira en el espejo? ¡Haría vomitar a un perro! Además, aquí entre nosotros... —Miró hacia atrás para cerciorarse de que nadie escuchaba—. He oído decir que le gusta ponerse zapatos de chica. ¡Tiene un baúl repleto escondido en su dormitorio!

—No sé si eso es cierto, pero no puedo casarme con él. Es un petardo y un pelma que no se da cuenta de que existo. ¡Jamás seré feliz con él! Además, me pone tan nerviosa que se me traba la lengua y nunca sé qué decir.

—Pues no parece que se te trabe charlando conmigo.

—Es diferente. Contigo no me cuesta hablar. Al fin y al cabo eres un sapo.

—¡También soy príncipe!

—Quizá, pero no lo pareces ni te comportas como tal, así que se me olvida que lo eres. Pero Jorge es otra cosa, y nunca permite que olvides que él sí es un príncipe.

—Tal vez si se lo dijeras a tu madre…

—No me haría ningún caso; sólo le importan las apariencias y no cambiará de opinión, lo sé. Y papá hará lo que ella diga para no discutir. ¿Por qué me hace esto, por qué? Preferiría casarme contigo antes que con Jorge, aunque tú no seas un príncipe. Porque tú no te burlarías de mí ni fingirías que no existo, ¿verdad?

El sapo parpadeó sorprendido y respondió:

—No, desde luego.

—¿Lo ves? Además, si me caso contigo no tendré que irme del pantano.

—Ejem… —carraspeó, confundido—. No sé… Yo sólo te he pedido un beso.

—Conque quieres un beso, ¿eh? Pues, mira, te lo voy a dar. ¡Prefiero besarte mil veces a ti que a Jorge!

Y dicho esto, me arrodillé en la orilla de la charca. El sapo dio un salto fenomenal, aterrizó junto a mí y me ofreció los labios.

—Espera un momento —dije mientras retrocedía.

—No habrás cambiado de opinión, ¿verdad? —me preguntó, angustiado.

—No, no, es que… Ya, aquí está.

Metí la mano en el bolsito que llevaba atado al cinto y saqué un pañuelo bordado con el que le limpié la boca.

—Tenías las patas de una mosca pegadas a los labios —expresé con un estremecimiento—. A ver, probemos otra vez.

Esta vez ya no hubo impedimentos. Me agaché, entreabrí los labios y cerré los ojos. Violeta, que tenía mucha más experiencia que yo, me había explicado qué había que hacer para besar a un chico, y supuse que consistiría en lo mismo, aunque se tratara de un sapo. Sentí los labios suaves y fríos contra los míos; no era una sensación demasiado desagradable, pero la sorpresa estaba por llegar.

El hormigueo me empezó en los dedos de las manos y los pies; luego se propagó por brazos y piernas, y un escalofrío me recorrió de arriba abajo, seguido de un dulce vértigo dorado. De repente, sentí la cabeza ligera y llena de burbujas y un ventarrón tremendo me arrojó al suelo. Me tapé la cara con los brazos, pero éstos ya no eran los de antes. Cuando traté de ponerme de pie, me puse a temblar y una nube gris me cubrió los ojos.

Cuatro

Abrí y cerré los ojos. La cabeza aún me daba vueltas y no conseguía enfocar la mirada. Poco a poco fui recobrando la vista, pero todo parecía diferente: había más colores y eran más brillantes. Una mariposa enorme pasó volando por allí batiendo sus preciosas alas rojas con rayas moradas. Nunca había visto nada igual.

—¡Aaah! —exclamé en voz alta.

Me sobresaltó el timbre de mi voz; sonaba rara y hablar me producía cosquillas en la garganta.

Arrugué la nariz al percibir el olor a plantas podridas y la pestilencia del pantano. Movidas por el viento, las hojas de los árboles tamborileaban con ímpetu y el ronroneo de los insectos era ensordecedor. ¡Plof! Algo retumbó en el barro húmedo a la orilla de la charca. ¡Plof! El sonido volvió a retumbar, más cerca y más fuerte; hasta el aire mismo parecía resoplar.

Traté de levantarme, pero mis piernas no cooperaron. Sintiéndome todavía mareada, miré al suelo: estaba mucho más cerca que antes y los terrones de barro eran mucho más grandes. Entonces observé ante mí dos pies palmeados y un par de patas largas y musculosas, a las que seguía un cuerpo rechoncho recubierto de piel verde con pintitas. Perpleja, cerré los ojos con intensidad y volví a abrirlos, pero mi cerebro se negaba a aceptar lo que veían mis ojos. A continuación alcé una mano y moví los dedos... eran cuatro dedos torcidos, de color verde. De repente lo comprendí todo: no estaba viendo a otra criatura, ¡sino a mí misma!

—¿Qué es esto? ¿Qué me ha pasado...? —balbucí. El corazón me latía a toda velocidad—. ¡Ya lo sé! ¡Es un sueño! Estoy durmiendo en casa y voy a despertar...

¡Plof! ¡Plof! Los ruidos se acercaban. Cerré los ojos de nuevo y me aplasté contra el suelo.

—Es mi imaginación —dije en voz alta—. Si pienso en otra cosa todo desaparecerá.

A menudo, mamá me reñía por andar imaginando cosas. Pero esto era demasiado, ¡hasta para mí!

¡Plof! ¡Plof! ¡Plof! Algo muy grande y húmedo se apoyó en mi espalda y un aliento caliente y apestoso me envolvió de pies a cabeza.

«Esta sensación es de verdad», pensé, y abrí primero un ojo y luego el otro.

Un inmenso perro blanco, de pelo corto y manchado de barro, me contemplaba con unos ojos enormes de cuencas sanguinolentas. Los perros de mi padre eran todos de pelo castaño, negro o gris, de modo que no conocía a aquél, lo cual me daba aún más miedo. Me puse a temblar cuando me dio la vuelta empujándome con el hocico; entonces me olfateó otra vez de pies a cabeza y abrió de par en par la cavernosa boca. El mal aliento del animal me revolvía el estómago y, para colmo de males, una gota de baba, grande y repugnante, se le escurrió del hocico y me cayó en la cabeza.

«No estoy soñando», pensé.

Me aparté con brusquedad y salté tan rápido y tan lejos como pude. Me costaba moverme y coordinar mis pasos, pero salté, salté y salté tratando de alejarme. Di un último brinco, me giré en el aire y ¡cataplum! Caí en el agua y levanté una ola.

—¡Rana! —gritó el perro, metido en el agua hasta la panza—. ¡Vuelve aquí! ¡Tengo que hablar contigo!

Tenía miedo de responder, así que extendí los brazos y traté de avanzar. Nunca había aprendido a nadar, aunque me había criado cerca del agua; debido a mi torpeza, temía ahogarme en cuanto el agua me llegara a los tobillos. Así pues, me puse a patalear con brazos y patas sin avanzar en ninguna dirección. En éstas, el perro se abalanzó sobre mí y provocó una ola que me arrastró hacia el centro del estanque; encogí las patas e, impulsándolas con fuerza, las estiré y salí despedida hacia el fondo, alejándome de las feroces mandíbulas.

«¡Lo he logrado!», pensé sin acabar de creérmelo. Repetí el movimiento y avancé por el agua; a punto estuve de atropellar a un pececillo dorado. Luego giré sobre mí misma y subí a la superficie en busca del perro. El animal chapoteaba de aquí para allá junto a la orilla, pero ya no representaba ninguna amenaza.

Una oleada de alivio me recorrió de arriba abajo.

«¡Lo he conseguido! —pensé—. ¡He logrado escapar del perro gigante! ¡Soy capaz de cualquier cosa!»

Me dediqué a hacer alegres remolinos en el agua; fui salpicando de un extremo al otro de la charca y, cuando

39

me cansé de nadar, hundí la cabeza e hice burbujas. Después me quedé flotando panza abajo y contemplé a los pececillos que pasaban en formación de un lado a otro. El agua tibia me acariciaba la piel y todo era estupendo. Cuando era princesa, nunca había salido de mi cuarto sin ir cubierta de gruesas telas y faldas largas. ¡Pero ahora aquella sensación de libertad era maravillosa!

Al cabo de un rato me di la vuelta y, mientras contemplaba las nubes a jirones que poblaban el cielo, me pregunté dónde habría ido a parar el sapo, porque no había vuelto a verlo desde la transformación. Tal vez todo había sido un truco; tal vez habíamos realizado un intercambio y ahora él era humano. Pero ¿por qué no lo había visto? Además, aunque fuera un pelmazo, no creía que me hubiera jugado una mala pasada.

40

Trepé a un tronco semihundido en el agua, y repasé todo lo que me había ocurrido ese día. Estaba tan entusiasmada con mis nuevas habilidades y por haber logrado escapar del perro, que no me había detenido a pensar en mi situación. Pero ahora me daba cuenta de que estaba sola y desamparada en medio del pantano. ¿Qué iba a hacer?

Sumamente inquieta, agaché la cabeza y me puse a llorar. No me gustaba llorar, casi nunca lo hacía, y mamá me había dicho mil veces que no era propio de princesas y mucho menos en público, pero de vez en cuando no era así. Las lágrimas corrieron por mis mejillas y resbalaron hasta la áspera corteza del tronco. Estaba tan deprimida que no me fijé en que el sapo había trepado a éste y se hallaba a mi lado.

Cinco

—¿Te pasa algo?

El sapo tuvo que repetirme la pregunta antes de que las palabras traspasaran mi burbuja de desdicha.

—¡Ah, eres tú! —exclamé con los ojos anegados en lágrimas.

—Me alegra que estés contenta de verme, pero no has contestado a mi pregunta. ¿Qué te pasa? ¿Por qué lloras?

—¿No te parece obvio? ¡Me he convertido en rana por tu culpa! Se suponía que no iba a suceder tal cosa, pues aseguraste que tú volverías a ser un príncipe, pero no dijiste nada de que yo me transformaría en rana.

—¿Acaso tengo cara de adivino? Yo no sabía que esto podía ocurrir. Lo siento mucho, aunque no lo entiendo. Pero tampoco es tan malo, ¿sabes? Quiero decir que no resulta tan horrible ser una rana. Fíjate, yo llevo algún tiempo siendo sapo y tiene sus ventajas.

—¿Ah, sí? —dije sorbiéndome las lágrimas—. ¿Y cuáles serían las mías?

—Pues, por ejemplo, no tendrás que casarte con

Jorge —replicó el sapo encogiéndose de hombros—. Además, la vida es menos complicada; desde que no soy príncipe hago todo lo que me apetece, puedo acostarme tarde o dormir todo el día y ya no tengo preocupaciones ni responsabilidades. No te imaginas la tranquilidad que supone no estar obligado a matar dragones, ni decapitar ogros, ni planear emboscadas para atrapar duendes extorsionistas bajo los puentes, aunque yo solía realizar esas tareas bastante bien. En cambio, ahora sólo me preocupa encontrar comida e impedir que otros me coman.

—Eso ya suena a bastante preocupante —comenté.

—No es así si mantienes los ojos abiertos y prestas atención. Tienes mucho que aprender.

—Perdona, estaba prestando atención.

—¡Vaya, vaya, no me digas! Podrían aterrizar aquí una docena de dragones y asarte para el almuerzo sin que te dieras cuenta. ¡Tienes mucha suerte de que yo esté contigo! Pero no te agobies. Puesto que te he metido en este lío, te enseñaré todo lo que haga falta.

—¡No quiero que me enseñes nada! ¡Sólo quiero que deshagas lo que hiciste y me conviertas en princesa otra vez!

—Ojalá pudiera, pero no tengo ni idea de cómo anular el encantamiento.

—¡Entonces ayúdame a averiguarlo! No es que yo fuera la más feliz de las princesas, ¡pero no me da la gana de ser una rana! ¡No puedo creer que esta situación sea real! Al principio creí que era un sueño, pero... Por cierto, ¿dónde te habías metido? Porque no estabas por ningún lado cuando apareció el perro.

—Bueno, confieso que me puse de mal humor cuando me besaste y comprobé que no me había convertido en el apuesto príncipe que soy. Tardé un rato en darme cuenta de que habías desaparecido, es decir, que ya no eras humana. Cuando comprendí lo sucedido, el perro ya andaba por ahí y tú brincabas como una loca. Te esfumaste, pero fue fácil encontrarte porque todo el pantano hablaba de una rana chiflada que nadaba peor que un renacuajo recién salido del huevo.

—¡A mí me pareció que nadaba bastante bien! —dije, todavía orgullosa de mis nuevas dotes de nadadora.

—Para ser una absoluta principiante... —Me temblaron los labios sin poder evitarlo—. ¡Ay, no te pongas así! —dijo el sapo—. Si lloras vas a llenar el agua de sal.

Dos lagrimones rodaron por mis mejillas y me sorbí los mocos.

—Pero ¿qué te pasa ahora?

—¡Un montón de cosas me pasan! —gemí—: He hecho un esfuerzo tremendo y creía que nadaba bien, pero ahora vas y me dices que lo hago mal; además, no quiero ser una rana, tengo miedo y sobre todo ¡tengo hambre!

—Dame otro beso, tal vez te siente bien —sugirió el sapo inclinándose hacia mí.

—¿Qué dices? —Estaba tan sorprendida que dejé de llorar—. ¿Por qué iba a darte otro beso?

—A lo mejor te animas un poco.

—¡Seguro que no!

—Bueno, quizá tengamos suerte y se deshaga el encantamiento.

—Y quizá no tengamos suerte y pase algo peor,

43

aunque no me lo puedo imaginar. —Y me puse a gimo-tear de nuevo.

—¡En fin...! Bueno, has dicho que tenías hambre, y eso sí lo podemos arreglar.

—¿Qué comes tú? —le pregunté restregándome los ojos con los dedos.

—Todo lo que encuentro. Tú obsérvame y así te irás haciendo una idea.

Saltó hasta un extremo del tronco y se quedó inmóvil. Estuvo quieto tanto rato que, cuando llegó el momento, yo ya estaba tan aburrida y nerviosa que casi me pierdo la jugada: una libélula del tamaño del pulgar de un humano adulto pasó volando en zigzag por delante del tronco; sin ninguna advertencia, el sapo brincó, abrió la boca y desenrolló la lengua. Cuando se tiró al agua, ya había vuelto a metérsela en la boca y engullido a la libélula.

—¿Cómo esperas que yo haga eso? —pregunté, incrédula, cuando regresó al tronco.

—Lo harás si quieres comer —respondió relamiéndose. Luego se sacó de la boca las alas de la libélula—. ¿No te parecen preciosas? Si estuviéramos cerca de mi casa las añadiría a mi colección.

—¿Tienes una colección de libélulas?

—¿No te lo crees? Pues, fíjate, me he convertido en todo un experto, modestia aparte. Mi colección debe de ser la más grande del mundo. Ahora mira allí. ¿Ves esa mosca gorda y jugosa que viene en esta dirección? Pues adelante, te la cedo.

—¡No pienso comerme ninguna mosca! —Sólo de pensarlo se me revolvía el estómago.

—Ya lo harás cuando tengas más hambre. Obsérvame; te lo enseñaré otra vez.

—¡Puedes enseñármelo un millón de veces! No pienso hacerlo. ¿No hay nada que comer además de bichos?

—Mmm... ¡Ya lo tengo! Conozco un sitio donde hay mucha comida, pero tendremos que ir nadando.

—Pues, vamos. Todo con tal de no comer moscas.

—Sígueme y haz lo mismo que yo —me indicó sonriendo.

Saltó hasta el extremo del tronco y se zambulló en el agua; yo lo seguí de cerca por miedo a perderlo de vista, y ambos nadamos aguas abajo, él delante y yo detrás. Era mucho más fácil nadar a favor de la corriente y en un momento llegamos a la poza. De repente me hizo señas para que nos detuviéramos; no entendí por qué, pero recordé que le había prometido imitarlo. Atisbé por encima de su lomo y vi lo que él ya había descubierto: en la orilla del agua, una garza hambrienta buscaba su almuerzo hurgando entre los juncos; desde donde estábamos, parecía una torre y las largas patas, palos infinitos. El sapo se llevó un dedo a los labios para que no hiciera ruido; asentí y fui tras él hasta la otra orilla de la poza.

Nos sumergimos hasta el fondo y rodeamos las algas que crecían en la orilla más soleada. Aún andábamos escondiéndonos de la garza cuando una sombra ocultó el sol; levanté la vista y vi cómo una silueta oscura y alargada se deslizaba por encima de nuestras cabezas. De la boca de aquel ser pendía un aro dorado, centelleante bajo la luz matutina, del cual colgaban tin-

45

tineando varias figuritas que me resultaron conocidas... ¡Era mi brazalete! Me abalancé sobre él, decidida a recuperarlo, pero el sapo me retuvo por el brazo hasta que la sombra desapareció en el agua. Cuando me soltó por fin, subí a la superficie impulsada por la rabia y la frustración.

—¿Has visto eso? —pregunté después de tomar aliento—. ¿Qué era ese animal tan grande?

—Una nutria.

—Llevaba mi brazalete, ¡el que me regaló mi tía! ¡Tenemos que encontrar a esa nutria! ¡Quiero mi brazalete, lo necesito!

—No podrá ser. ¿Es que no sabes nada acerca de esos animales?

—Claro que sí. Tía Grassina me ha enseñado todo sobre ellos: cómo viven, cómo juegan…

—Cómo comen ranas...

—¿Que comen ranas? —chillé.

—Somos su comida favorita.

De repente nuestra excursión ya no me pareció tan segura. Miré alrededor temiendo descubrir un par de ojos hambrientos que nos observaban desde la orilla.

—Hay muchos otros animales que comen ranas, ¿verdad? —pregunté.

—En efecto; prácticamente, todos nos tienen en su lista de alimentos preferidos; por eso hay que estar siempre alertas.

—Pero mi brazalete...

—Dalo por perdido, no te hará falta. De cualquier modo, tampoco podrías llevarlo ahora. Venga, vamos, ya falta poco.

Al cabo de un corto trecho, me condujo a la orilla y subimos a una colina brincando por entre los arbustos. En la cima había un árbol de ciruelas silvestres y el suelo estaba cubierto de fruta podrida. Unas moscas verdes y negras revoloteaban entre los frutos demasiado maduros.

—¿Ésta es la comida de la que hablabas?

—Claro. Adelante.

No parecían demasiado apetitosas, pero seguro que sabían mejor que las moscas. Salté hasta la más cercana y traté de encontrar algún bocado que no estuviera demasiado podrido.

—La parte de encima no está mal —observó el sapo.

—¿Qué he de hacer para comérmela?

—Bueno... eres una rana. Cómetela con la lengua.

—¿Con la lengua, dices? ¡No puedo! ¿Por qué no la cojo con las manos?

—Porque no lo conseguirás. Ahora eres una rana y las ranas comen con la lengua.

—No sé si podré. Soy muy torpe…

—¡Deja de portarte como un renacuajo! ¡Inténtalo!

—Vale, vale —dije titubeando.

Así que abrí la boca, lancé la lengua y rocé ligeramente la parte superior de la fruta. Pero, como era la primera vez que lo hacía, no empleé la suficiente energía y la lengua me resbaló hasta el suelo.

—¡Casi lo logras! —exclamó el sapo tapándose la boca para disimular la risa.

Le lancé una mirada feroz y traté de limpiarme la lengua cubierta de barro y hierba; lo hice con mucho cuidado, pero no logré limpiármela del todo y la noté

47

pringosa al metérmela en la boca. Sin embargo, no quise desanimarme y lo intenté otra vez con todas mis fuerzas. Por desgracia, esta vez me pasé de entusiasta, de tal manera que mi lengua atravesó la suave piel de la fruta podrida, se clavó en el centro de la pulpa y, cuando traté de sacarla, se quedó atascada dentro. Eché la cabeza hacia atrás para tirar de ella, pero sólo conseguí hacerme daño en la boca. A todo esto, el sapo seguía a mi lado sin ayudarme para nada, partiéndose de risa. Finalmente, me cogí la lengua con ambas manos y di un tirón; pero salió tan rápido que retrocedió hasta mi cara y me golpeó en los ojos. Trastabillando, me acaricié la cabeza, mientras mi compañero se revolcaba en el suelo agarrándose la panza y aullando de risa.

—¡Gracias por el apoyo moral! —exclamé una vez que tuve la lengua dentro de la boca—. Dijiste que nunca te reirías de mí. ¿Y ahora qué hago?

—¡Prueba otra vez! ¡Hacía muchos años que no me reía así!

Pensé en sacarle la lengua, como Violeta hacía a veces con los pajes. Pero todavía no la controlaba lo suficiente y me dio miedo darle un tortazo.

—¡Date la vuelta! —le dije—. No lo conseguiré si me miras.

El sapo se giró todavía entre carcajadas. Me cercioré de que no me miraba y me aproximé a otra ciruela porque no me había gustado el sabor de la primera; era una fruta más grande, rebosante de zumo y plagada de moscas. Lancé la lengua otra vez y casi di en el blanco. La fruta estaba blanda y sabía a rancio, aunque no tanto como la primera, pero cuando saqué la lengua se me pegó una mosca en la punta. Era para morirse del asco.

—¡Uuuf! —grité—. ¡Quítame ezta coza de la lengua!

La mosca zumbaba y se retorcía tratando de liberarse. El sapo acudió al instante, pero en vez de ayudarme me dio un porrazo con el dedo en la lengua. Aspiré y la lengua rebotó sola y se metió en la boca; la mosca seguía zumbando y me hacía cosquillas en el paladar...

—¡Mmm! —supliqué pidiendo ayuda.

—¡Parpadea! —ordenó el sapo.

—¿Mmm? —dije otra vez.

—¡Parpadea, no pienses en nada!

No entendía cómo esa acción me libraría de la mosca, pero lo intenté a pesar de todo. En cuanto bajé los párpados, mis globos oculares me empujaron hacia abajo el gaznate y me tragué la mosca. Sentí un escalofrío al percatarme de lo que acababa de hacer.

—¡Ooooh! ¡Qué asco! —grité, y escupí hasta que la boca me quedó reseca.

—¿Sabrosa, no? —preguntó el sapo.

—¡Estaba inmunda! —Me froté la lengua con los dedos tratando de quitarme el sabor.

—¡Vamos, sé sincera! ¿No te ha gustado?

—¡No, me ha sabido horrible!

—¿De verdad?

—Pues… —dije a regañadientes—. Bueno, la ciruela estaba rancia, pero la mosca era más bien dulce.

—¡Ajá! ¡Ya sabía yo que te iba gustar! Quizá en tu corazón sigas siendo una princesa, pero estás metida en un cuerpo de rana. ¡Y a las ranas les encantan las moscas!

49

—He dicho que era dulce, no que me gustara —especifiqué, pero de pronto fui presa de la desconfianza—: No lo habrás hecho adrede, ¿verdad? ¿O me has traído aquí para que me comiera una mosca sin querer?

—¿Cómo puedes pensar eso? ¿Es que no me conoces?

—Pues no; acabo de conocerte —dije, y pensé que quizá sí me había jugado una mala pasada.

—No podías seguir yendo de remilgada por la vida sin dignarte a probar algo nuevo, y quería que te dieras cuenta de que no es tan malo comer moscas. Tendrás que acostumbrarte, si aspiras a sobrevivir.

—¿Es que las ranas no comen nada aparte de moscas?

—Claro que sí, mil cosas: mosquitos, libélulas, jejenes… Todo lo que quieras. Si es insecto, está en el menú.

—¡Estoy condenada! —gemí.

Pero en realidad la mosca no me había sabido tan mal. De modo que ladeé la cabeza y observé a las otras moscas con ojos nuevos.

—Ya te has comido una y sigues viva —comentó el sapo sonriendo—. Prueba otra; es cuestión de educar el paladar. Cuanto más pronto lo eduques, más contenta estarás.

Yo no tenía intención de ser una rana el resto de mis días, pero debía sobrevivir hasta averiguar cómo convertirme otra vez en humana. Sentí náuseas y tragué saliva.

«Es mejor no pensar —me dije—. Simplemente lo hago y punto.»

—¿Cómo aprendiste tú a comer como los sapos? —le pregunté a mi compañero—. Porque seguro que no sabías antes de transformarte.

—Pues mirando a otros sapos. Cuando uno es tan observador e inteligente como yo, es capaz de aprender un montón de cosas. ¡Vamos, veamos si puedes cazar otra!

—Apártate —le pedí—. De verdad que me cuesta menos si no me miras.

Él se fue a la caza de su propia comida y yo busqué la ciruela más jugosa. Cuando la encontré, me concentré en la mosca más grande y lancé la lengua de nuevo; ésta salió disparada como una flecha muda, pero la mosca se escapó por unos centímetros. La enrollé una vez más dentro de la boca mientras el afortunado insecto zumbaba malhumorado hacia una ciruela menos peligrosa. Seguí probando, pero no logré cazar más que unas pocas moscas; no coordinaba demasiado bien la lengua y la vista.

El sapo llenó pronto el buche y vino a ofrecerme indicaciones sobre cómo dar en la diana. Ahora pretendía echarse un farol.

—¡Si me hubieras visto! —dijo—. Encontré una ciruela completamente podrida, con tantas moscas encima que no se veía la propia fruta. No fue fácil, pero apunté a la perfección y pesqué ocho bichos de un lengüetazo. ¡Ocho moscas! ¡Es increíble!

Tanta fanfarronada me puso muy nerviosa y, para cambiar de tema, le dije:

—Oye, quiero plantearte una cuestión: siempre te he llamado «sapo» porque no había ningún otro de tu especie, pero ahora que yo también me he convertido en rana, no me parece adecuado. Así que, ¿cómo quieres que te llame?

—Llámame Eadric.

—¿O sea que eres de verdad el príncipe Eadric y no lo dijiste sólo para que te diera un beso?

—Yo era el príncipe Eadric mientras fui humano y me sorprende que no hayas oído hablar de mí. Era bastante famoso, ¿sabes? Pero, ahora que soy un sapo, me llamo simplemente Eadric.

—En ese caso, llámame Emma; «princesa Esmeralda» suena demasiado serio para una rana.

—Ya —gruñó Eadric—. Entonces, Emma, ¿qué tal si tratas de comerte esa mosca de ahí? —Señaló un insecto que se revolcaba en el suelo—. Hasta tú tendrías que ser capaz de cazarlo; creo que tiene un ala rota.

No hice caso de la sugerencia porque, mientras perseguía a las moscas, se me había ocurrido una idea y se la comenté:

—Ya sé cómo podemos salir de este lío. Lo único que debemos hacer es ir a mi castillo y aguardar a que tía Grassina regrese. No sé cuándo lo hará y tal vez tengamos que esperar, pero estoy segura de que nos ayudará.

—No es tan sencillo como parece —repuso Eadric, como si yo fuera un poco tonta.

Traté de no enfadarme (después de todo me había ayudado bastante), pero le repliqué:

—Sí, seguro que sí; es una bruja muy experta. Ella sabrá qué hacer.

—No quería decir eso. Mira, en primer lugar, merodear por los alrededores de un castillo puede ser desastroso, puesto que, en ellos, ni las ranas ni los sapos son precisamente bienvenidos. Si no fuera por eso, ¿no crees que habría vuelto a mi casa? Pero he visto morir a muchos sapos a manos de perros, gatos y aprendices de jardinero ociosos. O sea que, mil gracias, pero ¡prefiero no ser la próxima víctima! En segundo lugar, yo no sé mucho de magia, pero tengo entendido que una bruja no puede anular los hechizos de otra; de hecho, si una bruja interfiere en un encantamiento, puede conferirle mayor potencia. Por todas estas razones, en vez de ir a visitar a tu tía, tendríamos que ir a ver a la bruja que me hechizó. En estos casos es mejor dirigirse a las fuentes.

—¡Vamos a verla entonces!

—No sé dónde vive.

—No me estás dando muchos ánimos que digamos —protesté tratando de disimular mi desaliento—. Tal vez Grassina pueda ayudarnos a encontrarla…

—¡Un momento! ¿No has oído lo que he dicho? ¡No quiero ir a tu castillo a esperar a tu tía! No tengo ningún deseo de charlar con una bruja desconocida. ¿Y si me echa otro maleficio?

—Mi tía no haría algo así.

—Vaya, vaya. Dime, entonces, ¿nunca ha convertido a nadie en rana? No me mientas.

—Pues, sí, pero…

—¡Ajajá! ¡Y a pesar de todo quieres que vaya a verla! Así me congele en este pantano, no pienso ir a ver a ninguna bruja lanzaconjuros.

—Pero ella no…

—¡Ni lo pienses! —Me volvió la espalda—. Digas lo que digas no cambiaré de opinión.

Suspiré. Había conocido gente terca, ¡pero nadie me había insultado como ese sapo!

—¿Qué haremos ahora, pues? —pregunté añorando la habitación de tía Grassina, adonde solía ir al caer la tarde.

—Iremos a mi casa —dijo Eadric—. Y te mostraré mi colección.

—¿Tu colección? —Me pregunté qué podría coleccionar un sapo.

—Mi colección de alas de libélula, ¿ya no te acuerdas que te lo he explicado?

—¡Ah, sí, sí!

Eadric era el príncipe más extraño que había conocido hasta entonces. Aunque, claro, si yo hubiera sido rana tanto tiempo como él sapo, también me habría vuelto muy rarita. Sólo de pensarlo me deprimía, teniendo en cuenta que a mucha gente ya le parecía rara cuando era humana. Únicamente había una solución: tenía que volver a ser yo misma de inmediato.

Seis

El sol declinaba mientras Eadric me escoltaba hasta la gran hoja de lirio donde había montado su hogar, en un apacible remanso del arroyo. Era una hoja grande y tersa, que flotaba bajo las ramas de un sauce llorón. Traté de trepar a bordo, pero la hoja se hundió bajo mis patas y volví a caer al agua. Al cabo de tres o cuatro intentos, él se impacientó y me dio un empellón, con tanta fuerza que patiné a lo largo de toda la superficie y casi me caigo por el otro borde. Cuando quise ponerme en pie, la dichosa hoja se balanceó y me fui de bruces.

—Genial, ¿no? —dijo Eadric al tiempo que avanzaba pavoneándose hasta el centro de la hoja—. El sauce está tan a tiro, que algunos días no tengo que salir a buscar comida y, como en él viven tantos bichos, puedo atraparlos sin ningún esfuerzo; a veces ni siquiera tengo que levantarme. ¿Ves esa araña que cuelga de una hoja? ¡Pues, mira!

Se tendió de lado, apoyó el mentón en una mano y lanzó un lengüetazo maestro que arrancó a la araña de la hoja.

—¡Qué cómodo! —exclamé.

Ciertamente, Eadric no podía ser más perezoso.

¡Croac!, ¡croac! Un puñado de voces graves se elevó entre los matorrales que bordeaban el arroyo, y otras más agudas —¡crec!, ¡crec!— se unieron al coro desde los árboles.

—¿Qué es eso? —pregunté.

—Son unos amigos míos. Dan conciertos todas las noches en esta época del año, siempre y cuando haga buen tiempo.

—¿Tienes amigos entre los sapos y las ranas? ¡Me alegro mucho de saber que no eres tan estirado como Jorge!

—En el reino animal no hay príncipes ni princesas y tanto las ranas como los sapos somos iguales —me replicó mirándome ceñudo—. Mis amigos son unos tíos estupendos; te los presentaré después del concierto. ¡Vamos! Aún podemos hallar buenos asientos si nos damos prisa.

Saltamos del lirio al agua y nadamos codo con codo hasta el barrizal de la orilla, donde ya se había concentrado una multitud de batracios de todos los tamaños.

—Ese de allá es *Bassey*. —Eadric señaló a un gran sapo de voz grave que destacaba entre la aglomeración—. Y aquella rana pequeñita es *Peepers*; es soprano.

La ranita lo vio y lo saludó con la mano desde su árbol.

Eadric me llevó a un prado por entre los batracios que ya habían tomado asiento; algunos nos saludaban y otros nos sonreían muy amables. Me sentí de lo más bienvenida.

—Estoy contenta —dije al sentarme junto a él.

—Me alegra mucho. ¿Qué tal si me das un beso? —me susurró al oído.

—¡Eadric! —grité, y todos se volvieron a mirar. Como estábamos en un entreacto del concierto, mi voz resultó muy sonora. Avergonzada, esperé a que volvieran a cantar—. ¡Cómo se te ocurre que te bese ahora con todos tus amigos mirando!

—No pasa nada. Podemos cerrar los ojos.

—No, gracias. Prefiero no correr riesgos. Ni un beso más hasta que averigüemos por qué pasó lo que pasó al darte el primero.

Como volví a hablar demasiado fuerte, unas ranas vecinas me chistaron. Me tapé la cara con las manos y me hundí en mi asiento; casi habría preferido no ir al concierto.

Poco a poco otras ranas fueron uniéndose al coro y, sorprendida, vi que Eadric también se ponía a cantar. Tenía buena voz, aunque no tan grave como la de *Bassey* ni tan aguda como la de *Peepers*.

«Podría pasarme toda la noche oyendo esta música», pensé, y cerré los ojos.

La brisa tibia de la tarde me acariciaba la piel y la música era tan hermosa que me daba escalofríos; se me ponía la carne de gallina o, mejor dicho, la piel de rana...

¡Croac!, ¡croac!, cantaban *Bassey* y los otros sapos; ¡crec!, ¡crec!, replicaban *Peepers* y las ranitas; ¡robidí!, ¡robidí!, cantaba Eadric. Yo seguía el compás de la melodía balanceando la cabeza cuando, de repente, se hizo un silencio absoluto. Abrí los ojos y al instante comprendí el motivo: una serpiente del tamaño de un bra-

57

zo humano se deslizaba por entre la hierba al borde del arroyo. Antes de que pudiéramos reaccionar, se dio impulso y se lanzó con las fauces abiertas sobre un miembro del público. Al cabo de un instante, la pobre rana se retorcía en el gaznate del reptil y pataleaba con las patas todavía fuera, como si pudiera dar un brinco y escapar. ¡Qué horror! Solté un grito y la serpiente giró la cabeza y me miró directamente a los ojos.

—¡Ven! —exclamó Eadric agarrándome del brazo. Pero me quedé inmóvil, paralizada por la mirada del reptil—. ¡Que vengas, te digo! —Me tiró del brazo hasta que me di la vuelta—. ¡Salta! —gritó cuando ya la serpiente reptaba hacia mí.

Di un brinco y aterricé encima de un anciano sapo que se arrastraba con lentitud por el agua.

—Lo siento, no era mi intención…

—¡Date prisa! —chilló Eadric, ya en el arroyo—. ¡No es momento para disculparse!

—¡Lo siento! —volví a decir y, dándome impulso en una roca resbaladiza, volé por los aires y caí en medio de la corriente—. ¡No sirvo para esto! —exclamé, y escupí porque había tragado agua—. ¡Esta vida no es para mí!

—¡Sigue nadando y no pienses! —gritó Eadric, y me dio otro tirón.

Seguí nadando a su lado, pateando tan rápido como me era posible, hasta que no pude más. Él encontró un agujero seguro río abajo, en un banco de barro; me condujo hasta allí y me ayudó a trepar al refugio.

Estaba tan asustada que no cesaba de temblar y Eadric me consoló con unas palmaditas en el lomo.

—Ya está, ya ha pasado —dijo—. No podrá encontrarnos aquí.

—Pero ¿y las otras serpientes? —murmuré con un nudo en la garganta—. ¡Tarde o temprano nos atrapará alguna! Esto no es para mí, Eadric. Por lo menos cuando era princesa nadie podía comerme viva. ¡Tenemos que buscar ayuda!

—Hay una posibilidad —repuso Eadric a regañadientes—. Es un poco remota, pero podemos probar si realmente lo deseas.

—¿Cuál es?

—Buscar a la vieja bruja que me convirtió en rana. No sé dónde vive, pero cada mes, cuando hay luna llena, va a recoger plantas a cierto lugar, o al menos eso solía hacer. Sólo faltan dos noches para el plenilunio; por lo tanto, si partimos mañana por la mañana, llegaremos a tiempo.

—¿Crees que nos echará una mano?

—Tal vez. Ella me dijo que volvería a ser un príncipe si una princesa me daba un beso. Pero aunque tú eres una princesa y me diste un beso, ¿por qué sigo siendo un sapo? Fue ella la que realizó el hechizo, de modo que tiene que hacerse cargo del asunto. Seguramente conseguirá arreglarlo.

—¿Por qué no me lo has dicho antes? ¡Ya sabías que yo no quería ser rana!

—Porque es arriesgado. Quién sabe si querrá ayudarnos, o si la encontraremos en ese lugar. Además (Eadric se puso colorado, o mejor dicho... verde oscuro), si yo continúo siendo un sapo, me consolaría un poco tener una rana amiga que anteriormente haya sido hu-

59

mana. Tú me caes muy bien… Pero lo intentaremos, si eso es lo que deseas.

—¡Claro que lo deseo! ¡No creo que aguante mucho más tiempo siendo rana!

No sabía qué pensar de la declaración de Eadric. A veces me parecía un pesado y un grosero, pero en el fondo era un buen sapo y a mí también me caía bien. Me adormilé pensando en él: era un animal considerado y servicial y me trataba como si yo mereciera toda su atención. En cualquier caso era más agradable pensar en él que en la espantosa serpiente que se había tragado a la ranita.

Llevaba dormida un rato cuando un ruido me despertó. Miré alrededor, pero nada había cambiado en el agujero y Eadric roncaba apaciblemente junto a mí. Entonces oí el ruido otra vez: era el lamento de un perro que aullaba en la distancia. En vez de asustarme, sentí lástima por él, puesto que yo misma tenía ganas de aullar.

«Aunque es más afortunado que yo —pensé—. Por lo menos no le preocupa que alguien se lo coma.» Sentí un escalofrío y me acerqué un poco más a Eadric. De momento estaba segura en nuestro pequeño refugio de barro.

Siete

Cuando despertamos a la mañana siguiente, todavía no había salido el sol. Yo no tenía hambre, pero Eadric insistió en que desayunáramos antes de partir. Había abundantes mosquitos revoloteando en la oscuridad y, al comerme el primero, me llevé una sorpresa porque estaba algo salado y me llenó bastante para ser un insecto tan enclenque.

—La primera parte del viaje la haremos por tierra —me explicó Eadric entre un bocado de mosquito y otro—, y no correremos peligro si cumplimos ciertas reglas. En primer lugar, no hagas ruidos innecesarios; en segundo lugar, ve comiendo por el camino porque tenemos poco tiempo y, por último, mantén siempre los ojos abiertos y las orejas alertas. Si oyes algo sospechoso no digas nada, pero haz esta señal para advertirme.

Eadric estiró el brazo y se dio una palmadita en la cabeza.

—Todos los animales de los alrededores también se darán cuenta —observé—. ¿Y si más bien te doy un golpecito en el hombro?

—Vale. Eso también servirá.

Avanzamos un trecho por el pantano, pero a medida que el sol ascendía nos adentramos en tierras menos llanas y más secas. En un momento dado, me detuve a contemplar unos dientes de león salpicados de barro; en mi vida anterior había visto pocas flores, aparte de los capullos de cristal en la habitación de Grassina, porque estaban prohibidas en el castillo, pues tanto mi tía como mamá eran alérgicas.

Eadric carraspeó impaciente y reanudamos el camino. Al cabo de un rato tuvimos que brincar a través de un pedregal, donde no había casi plantas. Ambos estábamos nerviosos porque si aparecía algún depredador, no podríamos escondernos bajo las piedras ni detrás de los escasos hierbajos que crecían por allí. Así que apretamos el paso tratando de alcanzar un pastizal que había más adelante. De repente una mariquita pasó zumbando por encima de mi nariz y aterrizó junto a una piedra pequeña y achaparrada. Recordé el consejo de Eadric e intenté comer por el camino: di un brinco y lancé el lengüetazo, pero el bicho era más pequeño que los anteriores y la lengua volvió vacía a mi boca. Por andarme fijando en la lengua, no presté atención a mis pies, de modo que tropecé y caí de bruces al suelo. ¡Eslurp! Alguien había atrapado a la mariquita de un lengüetazo.

—Mejor suerte otra vez —dijo una voz cavernosa.

Miré incrédula hacia donde había salido el sonido y vi que una piedra achaparrada parpadeaba y movía una pata...

—¡Eres un sapo! —exclamé, asombrada.

—¡Y tú una rana que no sabe saltar! —replicó el animal—. A ver, ¿qué edad tienes?

—¿Y a ti qué te importa?

—No he visto saltar tan mal a nadie desde que a mis renacuajos les salieron patas. Tendrás que aprender algo de coordinación si quieres comer.

—Sólo lleva unos días siendo rana —intervino Eadric.

—¿Ah, sí? ¿Y qué era antes? —preguntó el sapo.

—Puedo explicarlo perfectamente yo sola, gracias —protesté—. Para que te enteres: ¡era una princesa!

—Ya lo entiendo... Resulta que cuando una princesa salta, llega tan lejos como el escupitajo de un saltamontes, ¿eh? ¡Vaya! —dijo el sapo mirando a mis espaldas—. ¡Atenta, jovencita! Ése si que es grande.

Me di la vuelta pensando que se trataba de un insecto, pero era el enorme perro blanco que había intentado comerme; venía trotando derecho hacia nosotros. No podía quitarle los ojos de encima.

—Ponte fuera de peligro, si no te importa —sugirió el sapo—. Yo me encargaré de él.

Me escabullí detrás de un hierbajo y el sapo saltó temerariamente a campo abierto. Al echarme un vistazo y darse cuenta de mi expresión, se echó a reír.

—¡No te preocupes, jovencita! Sé cuidarme perfectamente. ¡Mira esto!

El sapo brincó tres veces y se plantó delante del perro, cuyos ojos echaron chispas.

—¡Ajá! —dijo el perro. Olfateó al sapo de arriba abajo y se metió en la boca aquel cuerpo grisáceo y lleno de bultos, pero enseguida hizo una mueca extraña y

63

lo soltó, como si el sapo estuviera ardiendo. De las mandíbulas del perro goteaba una especie de espuma blanca; el animal emitió un quejido mientras se acariciaba el hocico con una pata—. ¡Uuuf! ¿Qué diablos es esto?

Meneó la cabeza, esparciendo espumarajos en el pedregal, soltó un aullido de dolor y se marchó corriendo por donde había venido.

—¿Estás bien? —le pregunté al sapo—. ¡Pobrecito!

—Fresco como un sapo. Gracias por tu interés.

—¿Cómo lo has hecho? ¡Creí que ya te tenía!

—¿A mí? ¡Nunca! La Madre Naturaleza me ha dado un arma secreta. —El sapo bajó la voz susurrando como un conspirador—. Vosotras las ranas os creéis muy superiores, con vuestra piel tersa y vuestras lindas caritas, pero no tenéis nada parecido. ¿Ves la parte de atrás de mi cabeza? ¡Esta baba pegajosa no es baba de perro, no, señor! Yo produzco mi propio veneno y sabe asqueroso, según he oído decir. ¡Ja, ja, ja! Ese perro llevaba todas las de perder.

—Y el veneno… El perro no estará malherido, ¿verdad?

—No, ya se le pasará. Y si se espabila, habrá aprendido la lección.

—Nunca creí que pudieras hacer algo así.

—¡Por eso se trata de mi arma secreta! —dijo sonriendo radiante, antes de volverse hacia Eadric, que lo miró ceñudo.

—Tenemos que irnos —dije—. ¡Gracias por ayudarnos!

—Fue un placer, jovencita. ¡Que sigas brincando!

Sólo tienes que practicar un poco y lo harás muy bien.

Eadric y yo reanudamos la marcha sin decirnos ni una palabra, hasta que logramos escondernos en el mar de altas olas verdes del pastizal. En cuanto estuvimos a la sombra solté un suspiro de alivio.

—¿Por qué te has puesto así? —le pregunté a mi compañero—. Nunca te había visto tan de mal humor.

—No tenía por qué haber hecho eso.

—¿El qué? —pregunté—. ¿Quién no tendría que haber hecho qué?

—Ese viejo sapo. ¡No tenía por qué echarse un farol! ¿Quién se cree que es, tu caballero andante? Si hace falta que alguien te rescate, ¡lo haré yo! ¡No lo necesitamos para nada! Si no se hubiera entrometido, yo me habría encargado del perro.

—¿Cómo?

—No lo sé. Pero ya se me habría ocurrido algo, estoy seguro. No hacía falta que ese sapo cotilla y metomentodo saltara a protegerte.

—Sólo trataba de ayudarnos, Eadric.

—Pues no precisamos su ayuda. ¡Mírame! ¡Yo soy grande y fuerte! ¡Soy un ejemplar superior y puedo protegernos a los dos!

Me di por vencida. A juzgar por su cara de furia, era mejor no seguir discutiendo.

Fui abriéndome paso por entre los pastos, sin prestar atención a mi compañero. Había muy pocos claros para brincar en condiciones, así que cada dos por tres tenía que arrastrarme, menearme y dar un brinquito. Poco a poco iba avanzando, pero me dolían todos los músculos.

Las estrellas titilaban en el cielo cuando llegamos al otro borde del pastizal, y nos refugiamos debajo de un espino en flor.

A la mañana siguiente nos internamos en un cementerio de arbolitos temblorosos y oímos el murmullo distante del agua. Sorteamos peñascos y troncos secos, guiándonos por el sonido, y respiramos aliviados al avistar la maleza que bordeaba el arroyo. Habíamos permanecido fuera del agua tanto tiempo que notaba la garganta reseca y la piel como el cuero cuarteado. Me abrí paso por entre los tallos y las ramas y me zambullí en el agua tornasolada seguida de Eadric.

Nadamos el uno al lado del otro sin prisa ni esfuerzo porque nos dirigíamos aguas abajo; yo apenas lanzaba una patadita de vez en cuando, pues la propia corriente nos llevaba. Cerca del mediodía, el cielo se fue cubriendo de nubarrones y la lluvia, que agujereaba el arroyo, cayó en forma de grandes goterones sobre mi cabeza.

«No nos hará ningún daño refrescarnos un poco más», pensé, pero me inquieté cuando restalló el primer trueno.

—¿Falta mucho? —le pregunté a Eadric, que estaba atareado reconociendo el lugar.

—Estamos más cerca de lo que creía. ¿Ves aquel roble? —Señaló un árbol en la otra orilla del arroyo—. Fue ahí donde até a mi caballo la noche en que me convertí en rana. Quién sabe qué habrá sido de él. Se llamaba *País de Sol* y era el mejor caballo que he tenido jamás. Ojalá no le haya pasado nada malo.

—Seguro que alguien lo encontró, o logró soltarse,

porque no se ven huesos de caballo. ¿Por qué viniste aquí esa noche? Nunca me lo has contado.

—No es una gran historia, de verdad: me parecía que estaba enamorado de una princesa y quería conquistarla regalándole unas hojas de mandrágora. Porque, según me habían dicho, si alguien las hierve (siempre que se hubieran cogido a medianoche con luna llena), se le aparece el rostro de la persona que ama en el fondo del cazo; y como creía que yo era el amor de su vida, estaba convencido de que ella vería mi semblante.

—¡Nunca había escuchado semejante tontería! La mandrágora no sirve para nada parecido. ¿Quién te dijo eso?

—Mi hermano pequeño.

—¿Y tú le creíste? Yo no tengo ningún hermano pequeño, pero aseguran que no son muy de fiar. Me parece que estaba tomándote el pelo.

—Supongo que sí.

Eadric parecía tan triste que sentí lástima.

—Seguro que no te lo habría dicho si hubiera sabido en qué acabaría todo.

—Probablemente no —admitió Eadric—. No es un mal chico.

—No sabía que en el fondo fueras tan romántico.

—¡Romántico! ¿Eso te parece? Yo suponía que estaba pasando una mala racha, pero lo más lamentable de todo es que, unos meses después de convertirme en sapo, volví a ver a la princesa y casi me atropella con su carruaje cuando yo cruzaba el camino. El carruaje estaba adornado como si se dirigiera a una boda, así que ella debe de haberse casado; supongo que mi rival ganó sin ningún esfuerzo. De hecho, ya se veían muy a menudo cuando yo era humano, y por ese motivo seguí el consejo de mi hermano. ¡Estaba desesperado!

—No has acabado de contarme la historia. ¿Qué pasó cuando fuiste a buscar las hojas?

—Nunca las encontré pero, en cambio, me topé con la bruja. También ella andaba buscando plantas esa noche. Tropezamos en la oscuridad y fue muy desagradable, créeme. Como iba cubierta de andrajos y apestaba, se me ocurrió hacer un comentario acerca de su ropa y su higiene personal. Se lo tomó a mal y... ¡zas! ¡El príncipe se convirtió en sapo!

—Vaya... Oye, ¿cuánto falta para llegar?

—Es aquí mismo. Podemos esperar debajo de este moral; es el mismo lugar donde pasé la primera noche de mi vida de sapo. Si han caído algunas moras podridas, debe de haber bastantes bichos.

Salimos del agua y nos acomodamos debajo del árbol. Por desgracia, no había moras podridas, ni bichos, aunque las hojas nos protegían de la lluvia. El viaje había sido largo y extenuante y llevábamos varios días sin descansar adecuadamente. Con el tamborileo de la lluvia sobre las hojas, no tardamos mucho rato en caer dormidos.

Ocho

Cuando despertamos, el aire estaba limpio y fresco, la lluvia había cesado y la luna asomaba por entre las nubes, bañando el paisaje con una luz espectral. Hablábamos en susurros para no perturbar el silencio después del aguacero.

—¿Ya es medianoche? —pregunté.

—No lo sé, pero no debe de faltar mucho.

—Quiero darte las gracias.

—¿Por qué?

—Por traerme aquí, aunque no querías venir. No debe de hacerte ninguna gracia ver otra vez a esa bruja, pero dijiste que me ayudarías y lo has hecho. Así que, gracias.

—De nada. No lo hago sólo por ti, ¿sabes? Yo también quiero volver a convertirme en humano. No obstante, si quieres agradecérmelo, hay algo que puedes hacer por mí.

—¿Qué deseas? —pregunté, aunque ya adivinaba la respuesta.

—Dame un beso.

Estiró el cuello hacia mí y me ofreció los labios.

—¿En un momento así? ¡La bruja puede aparecer ahora mismo!

—¡Pero yo no quiero besar a la bruja!

—No es eso…

—Escucha —me advirtió Eadric—. Creo que oigo algo.

Lo oímos los dos. Alguien se aproximaba haciendo bastante ruido.

—¡Mira! ¡Debe de ser ella!

Una luz oscilaba a ras del escabroso suelo, y escuchamos claramente unos pasos golpeando fuertemente en el barro, en medio del silencio nocturno.

La luna llena recortó la silueta de la bruja, aunque no le iluminaba la cara. La lamparita que llevaba la mujer estaba provista de una pantalla ajustable, de modo que enfocaba solamente el suelo dejándole el rostro en sombras. De este modo, bajo la vaga luz de la luna, parecía una aparición fantasmal: el cabello le caía suelto y enmarañado sobre los hombros, caminaba arrastrando las largas vestimentas negras y, a cada paso, salpicaba barro y quebraba ramitas.

Eadric y yo nos agazapamos bajo el moral tratando de darnos valor mutuamente. La bruja, absorta en su excursión de medianoche, estaba cada vez más cerca.

—Date prisa —le dije a Eadric—. Si se marcha perderemos la oportunidad.

—No sé qué hacer y tengo un mal presentimiento. La última vez no me fue muy bien con ella.

—Ve, por favor. Para eso estamos aquí. Mira, yo iré contigo; sólo tienes que ser amable y discreto esta vez. Y recuerda: ¡nada de sarcasmos!

—Vale, pero deja de darme tantas órdenes. Ya tengo bastante con todo lo demás.

Así pues, nos plantamos de un brinco delante de la bruja, pero tuvimos que taparnos los ojos cuando nos encandiló con el farolillo.

—¡Señora! —la llamó Eadric—. Tenemos que hablar con usted. ¡Es urgente! —La bruja se detuvo y dejó el farol en el suelo—. Tal vez se acuerde de mí —prosiguió Eadric con cautela, tratando de vislumbrar la cara de la bruja—. Nos conocimos aquí una noche y tuvimos una breve conversación. Yo hice un comentario sobre su manera de vestir y usted me convirtió en sapo.

—Continúa —lo animó la bruja.

—Usted me dijo que seguiría siendo un sapo hasta que una princesa me diera un beso. Pero una princesa me besó y no pasó nada. ¡Ayúdeme, por favor!

—¿Cómo que no pasó nada? —exclamé yo—. ¡Me convertí en rana también! ¡No me dirás que eso no es nada!

—Ésta es la princesa Esmeralda —me presentó Eadric—. Fue ella la que me besó.

—Eso no tendría que haber ocurrido —dije yo—. Tal vez usted se equivocó al hacer el encantamiento...

—¡Chissst, Emma! ¡Se va a enfadar! ¡Tú misma me dijiste que fuera discreto!

—Pero yo...

Eadric, después de carraspear, le habló de nuevo a la bruja.

—Bueno, no hemos venido aquí para acusarla; sólo queremos pedirle ayuda.

71

—¿Ah, sí? —dijo la bruja con voz amable—. ¿Y cómo podría ayudaros?

Las palabras me salieron solas de la boca.

—Conviértanos otra vez en humanos y recibirá una generosa recompensa —dije, envalentonada—. Mis padres harán lo que sea con tal de que vuelva a casa.

—No me digas. ¡O sea que soy una bruja muy afortunada! Vaya, vaya... —La voz de la bruja ya no revestía ninguna dulzura—. ¡Os habéis equivocado conmigo, renacuajos! ¿O debería llamaros altezas?

En un abrir y cerrar de ojos, la bruja soltó el saco que llevaba en la mano, se abalanzó sobre nosotros y nos levantó hasta la altura de sus ojos. Mirándonos de hito en hito, nos dio la vuelta y nos examinó de arriba abajo.

—Dos especímenes formidables. Me venís de perlas.

Por fin le vimos el rostro: se trataba de una bruja joven, de cabello largo y rizado, que se lo teñía de negro porque se le veían las raíces de color castaño, ojos negros y hundidos, pómulos pronunciados y piel pálida. Iba vestida toda de negro, desde el raído vestido largo y el deshilachado chal hasta los cuarteados zapatos de cuero.

—¡Emma —murmuró Eadric, aterrado—, no es ella! ¡Ésta no es la bruja que me encantó!

—Qué listo eres, principito. Nunca he convertido a nadie en sapo, pero andaba buscando un par de bichos como vosotros. ¡Habéis tenido mala fortuna, pero yo no, porque es fantástico encontrar a dos ranas parlantes en una sola noche! Parece que finalmente mi suerte empieza a cambiar.

Mientras canturreaba, la bruja abrió el saco y nos tiró dentro, donde reinaba una oscuridad total y apestaba a moho. Caí de espaldas, aunque conseguí darme la vuelta después de retorcerme y patalear, y traté desesperadamente de agarrarme al burdo entramado deseando llevar mi brazalete porque, por lo menos, nos habría proporcionado un poquito de luz. Enseguida la mujer levantó el saco y nos desplomamos hasta el fondo, amontonándonos uno encima del otro.

—¡Ay! —gruñó Eadric acariciándose la cabeza—. No me des codazos, ¿vale?

—Lo siento, no lo he hecho adrede —me disculpé—. Tal vez si nos sentamos...

Intenté patear el saco, pero como el peso de nuestros cuerpos tensaba la tela, mi pata rebotó y fue a dar de lleno en el buche de Eadric.

—¡Uuuf! —dijo doblándose sobre sí mismo.

—¡Ay, lo siento! —me disculpé otra vez—. ¿Estás bien?

Lo había dejado sin respiración y tardó un momento en responder. Cuando por fin contestó sin aliento, me sentí fatal.

—Ya estoy mejor... pero ¡quédate quieta!

Traté de apartarme unos centímetros, pero allí dentro estábamos demasiado apretujados el uno contra el otro. En éstas, el saco se balanceó como un péndulo cuando la bruja echó a andar; iba hablando sola en murmullos incomprensibles. De repente se detuvo y dejó caer con brusquedad el saco. Eadric y yo percibimos que se alejaba, aunque se quedó por los alrededores.

73

—¡Rápido! —urgí—. Trata de abrir el saco. ¡Tal vez podamos escapar!

Eadric se rebulló a mi lado y yo me encogí para facilitarle el paso hasta la boca del saco.

—Nada —dijo al cabo de un momento—. Le ha hecho un doble nudo.

—¡Bah, da igual! Con la suerte que tenemos, volvería a atraparnos. ¿Habías visto alguna vez una bruja más malvada que ésta? Le importa un comino quiénes somos; no le interesa que pertenezcamos a la realeza, sino sólo que sepamos hablar. ¿Qué haremos ahora?

—Lo siento, lo siento mucho —se excusó Eadric—. Si no te hubiera pedido que me dieras un beso…

—Yo me habría perdido el conocer al mejor amigo del mundo. No te eches la culpa; nadie me obligó a besarte. Y si no fuera por mí, tampoco habríamos venido aquí a hablar con la bruja. Así que no te culpes más y ayúdame a pensar cómo podríamos ponernos cómodos aquí dentro.

—Tal vez si cada uno se sitúa en un lado del saco…

—Acabaremos otra vez uno encima del otro. Será más adecuado que nos quedemos juntos para no chocar entre nosotros cuando vuelva a levantarlo.

—Yo tengo otra idea mejor: abracémonos para no hacernos luego un revoltijo.

—Bueno, probemos.

—Y ya que estamos… ¿por qué no me das un beso?

—¿Qué?

—¿Quién sabe qué tendrá en mente esa bruja? Tal vez nos arroje en un caldero de agua hirviendo o nos ofrezca como merienda a un dragón. Quizá sea la última oportunidad de demostrarnos lo que sentimos el uno por el otro.

—Demostrarnos lo que… ¿Estás loco? ¡Lo último que quiero hacer en este momento es darte un beso!

—Vale, vale. A mí no me parecía tan mala idea.

—¡Ya te lo he dicho! —dije exasperándome—. ¡No quiero correr ningún riesgo!

A todo esto, el suelo retumbó con los pasos de la bruja y, de pronto, la boca del saco se abrió y vislumbramos la luz de la luna.

—¿Y si tratamos de escapar? —le susurré al oído—. Porque si ella luego…

Una pequeña planta cubierta de espinas, cuyas embarradas raíces destilaban gotitas de olor acre, nos cayó encima de la cabeza. Escupí y me tapé la cara con las manos.

—¡Ay! —chilló Eadric—. ¡Me he clavado una espina!

—Trata de no hablar. ¡Esto sabe inmundo! —le aconsejé, después de escupir también un poco de barro.

Entonces la bruja levantó el saco y lo cargó otro trecho. Al cabo de un rato volvió a abrirlo, pero esta vez sólo metió un puñado de hojas. Sin embargo, me estremecí al reconocer la forma que tenían porque eran las de una encina venenosa, pero ya no había remedio.

«Hasta aquí hemos llegado», pensé.

Por lo general, bastaba con que una sola de esas hojas me rozara para que me saliera un sarpullido. ¡Y ahora me cubrían toda la espalda!

La bruja levantó de nuevo el saco y Eadric y yo ten-

75

samos los músculos, esperando el siguiente impacto contra el suelo. Sin embargo, el saco siguió balanceándose mientras ella chapoteaba por entre los barrizales. Poco después Eadric empezó a gimotear.

—¿Qué tienes? —pregunté—. ¿Te has clavado otra espina?

—No —murmuró.

—¿Te molesta el barro?

—No.

—¿Qué te pasa, entonces?

—Son estas sacudidas. No me encuentro bien.

—Respira hondo y piensa en otra cosa. O al menos date la vuelta si vas a vomitar.

Si la casa de la bruja hubiera estado mucho más lejos, no habríamos sobrevivido. Antes de llegar, Eadric iba berreando a voz en cuello y yo tenía miedo de que muriera por el camino: daba tales gritos que, si no se moría de mareo, yo misma lo habría estrangulado para poner fin a su sufrimiento. Quién sabe si todos los sapos berreaban así cuando estaban mareados, o sólo lo hacían los sapos que habían sido príncipes.

Me tapé las orejas para no oírlo hasta que la bruja puso el farolillo sobre una mesa. Entonces abrió el saco, nos pescó con las manos y nos metió en una pequeña jaula de mimbre. Me dejé caer en el suelo dándome vueltas la cabeza, mientras ella cerraba la portezuela y echaba varios pasadores.

—Ahí os quedaréis encerrados mientras me preparo —sentenció.

—¿Para qué? —pregunté.

Notaba la mente algo más despejada.

La bruja me ignoró y vació el saco en una mesa desvencijada en el centro de la habitación.

—¡Oye, brujilda! ¿Para qué tienes que prepararte? —repitió Eadric con voz temblorosa. —Nos dio la espalda y se quitó el chal—. ¿Nunca te han dicho que eres una maleducada? —El tono de voz sonaba más firme—. Nos has secuestrado, nos metes en una jaula sin ninguna explicación y luego aspiras a que nos comportemos como animales decentes. No tienes ni idea de quién soy yo. ¡Me las vas a pagar!

—¡Chissst, Eadric! —susurré—. ¡Estás empeorándolo todo!

—¿Cómo puede ser peor? Estábamos mucho mejor antes, cuando éramos un sapo y una rana libres que vivían alegremente en el pantano. Ahora nos tiene presos la bruja Zascandil y ni siquiera sabemos por qué. ¡Oye, brujilda! ¡Contéstame! ¿Qué piensas hacer con nosotros!

La bruja siguió de espaldas y Eadric le lanzó una mirada extraña.

—A mí no me va a ignorar ninguna bruja —me dijo al oído—. ¡Fíjate bien! —Reflexionó un momento, puso los brazos en jarras y gritó—: ¡Oye, bruja! ¡Eres tan fea que no tienes que limpiar ni el polvo porque desaparece por sí solo para no verte!

La bruja se puso tensa, pero él no se conformó con eso. De modo que me guiñó el ojo y volvió a gritar:

—¡Ya sé por qué no tienes espejos! ¡Estarás cansada de barrer los cristales rotos!

La bruja se volvió con una mirada feroz y gritó iracunda:

77

—¡Escúchame bien, rey sapo! No me gustan los sa-pos ni las ranas, ¡ni tampoco los príncipes! Más te vale cerrar esa bocaza babosa si quieres volver a ver la luz del día. Ciérrala, siéntate y quédate ahí hasta que regrese.

Cogió una botellita de un estante y salió dando un portazo.

—No podías quedarte callado, ¿verdad? —le pre-gunté—. ¡No me sorprende que la otra bruja te convir-tiera en sapo si le hablaste en ese tono! Y ahora ésta también se ha enfadado contigo. Vete a saber lo que hará.

—Le tiene sin cuidado lo que yo diga. ¿Qué más po-demos hacer? Estamos aquí enjaulados, ¡por la santa rana! Tal vez si la fastidiáramos un buen rato, nos deja-ría salir.

—O tal vez nos mate para no oírnos —repliqué.

Nos pusimos mala cara hasta que la bruja regresó con un gusano vivito y coleando en la mano. Echando chispas por los ojos, nos lanzó dentro el bicho mugrien-to y repuso la botellita en el estante.

—¡Ahí tenéis! —dijo con voz melosa—. Un aperi-tivo para antes de descansar. Vamos a dormir y no os preocupéis tanto; el estrés os puede enfermar, y no queremos estar enfermos, ¿verdad?

Con esas palabras, sopló el pabilo del farolillo y se alejó arrastrando los pies hacia otra parte de la habi-tación.

Me acerqué de puntillas a un lado de la jaula y oí cómo se quitaba los zapatos y se tendía en un colchón de paja. Al poco rato ya respiraba al compás, completa-mente dormida.

—¿Quieres un poco? —me preguntó Eadric masticando un trozo de gusano.

—¿Qué haces? —exclamé volviéndome sorprendida—. Creía que te dolía el estómago. No deberías ni probarlo… ¿Y si está envenenado? ¡Escúpelo! ¡Escúpelo ahora mismo!

—¿Estás de broma? Pero si es una delicia. No está envenenado. Ven, pruébalo.

—¡Genial! —le espeté—. Estoy atrapada en una jaula con un imbécil que se comería cualquier cosa que le dé una bruja y, probablemente, estará muerto por la mañana.

—No pienso irme a la cama con hambre. ¡Relájate un momento, por favor! Ya me he comido medio gusano y todavía me encuentro bien; si tú no quieres comer, me lo acabaré yo y dormiré un buen rato. Ya pensaremos en lo que hay que hacer por la mañana, pero ahora déjame comerme en paz mi gusano. Yo valoro las cosas buenas de la vida, no como ciertas personas…

Me enfurecí y me acurruqué tan lejos como pude, tratando de no oírlo masticar. Eadric no tardó mucho en dormirse, pero yo seguía demasiado inquieta para conciliar el sueño, de modo que me dediqué a pasear arriba abajo por el suelo de arena de la jaula que crujía con mis pisadas. No conseguía pegar ojo, ni tampoco se me ocurría ningún plan para escapar.

Poco después dejé de hablar para mis adentros y presté oído a los ruidos de la noche: oí un aleteo en el otro extremo de la habitación, como una especie de crujido, que bien podía no tener más importancia; luego pasó por el techo hasta que me pareció que se detenía justo encima de mí. Sea como fuere, yo era la única que estaba despierta y ya tenía otro motivo para estar nerviosa. Sin adivinar de qué se trataba, me agazapé en el centro de la jaula; con suerte, los barrotes que nos impedían escapar también servirían para que ningún otro animal entrara en ella. Cuando finalmente caí dormida, soñé que me hallaba en las mazmorras de mi castillo, donde unos enormes gusanos que comían sapos me rozaban la piel y me provocaban ronchas.

Nueve

La picazón me despertó al día siguiente. Como había pronosticado la víspera, tenía la espalda cubierta de sarpullido, pero por mucho que me torcía y retorcía, no llegaba a rascarme todos los puntos que me picaban. Estaba al borde de la desesperación cuando descubrí que si me restregaba de cierto modo contra uno de los barrotes, lo peor de la comezón menguaba un poco.

—Pareces una osa vieja —dijo una voz—, aunque yo no he visto muchas de ésas.

Un rayo de luz entraba a través de un agujero en lo alto de la pared, que era de donde procedía la voz. Pensé que quizá fuera una aparición divina, pero la voz era aguda y chillona y no podía imaginar a ningún ser celestial con una voz semejante.

«Tal vez sea un truco», pensé.

No podía tratarse de Eadric, porque todavía estaba profundamente dormido, ni tampoco era la bruja, pues la divisaba tumbada en la cama, con la cabeza ladeada; tenía la boca abierta y de ella se le escurría un hilillo de saliva que iba a parar a la sucia manta gris que la cubría y al esmirriado colchón.

—¿Dónde estás? —pregunté escudriñando a través de las motas que bailoteaban en el rayo de sol. Aparte de las grietas en las contraventanas de las dos ventanas, el agujero en la pared era la única fuente de luz.

—Estoy aquí arriba —chilló la voz—; junto a las vigas.

Miré hacia el techo y me pareció que una pequeña sombra se movía bajo las vigas. Pero no estaba segura.

—Disculpa —dije—; no consigo verte desde aquí…

—Vaya, pues éste es mi sitio... En fin, ¿me ves mejor aquí?

La sombrita se desprendió de la viga y revoloteó por el cuarto en penumbra.

—¡Dios mío! —exclamé, perpleja.

Era un murciélago, y no me gustaban esos bichos, por regla general. Hasta entonces no había conocido a ninguno en persona, pero me habían hablado bastante mal de ellos.

—¿Satisfecha? —preguntó el animalito—. ¿Puedo volver ya a la viga?

—¡Claro, claro! —dije, avergonzada de mi mala educación—. No quería molestarte.

—¿Molestarme? ¡Qué ranita más amable! A ninguno de los otros pelmas que andan por aquí le importaría incordiarme, y mucho menos a esa bruja malvada que está en la cama. —Miré hacia donde estaba la mujer, temiendo que se hubiera despertado y estuviera escuchando—. No te preocupes, Vannabe duerme aún. Sé muy bien cuándo está despierta, créeme. Y de cualquier modo, a ella no le importaría molestarme. Siempre está diciéndome: «¡Lárgate, murciélago estúpido». O si no:

«¡Atrapa a ese bicho, murciélago». Si yo no conociera mi nombre, creería que me llamo Murciélago Estúpido. Pero no me llamo así, claro. Mi nombre es *Sarnoso*. Así me puso mi primera ama; ella sí que era considerada. Por ejemplo, me decía: «*Sarnoso*, si no atrapas a ese bicho jugoso y regordete te quedarás sin cena». ¿Entiendes lo que te digo? Era muchísimo más considerada.

Yo me sentía abrumada; siempre había creído que los murciélagos eran animales callados, pero aquél hablaba hasta por los codos. Me restregué la espalda contra el barrote porque el sarpullido me picaba más y se me propagaba hacia el pecho.

—No pude evitar oír vuestra conversación con Vannabe anoche —dijo *Sarnoso*—. Eres capaz de hablar con los humanos, ¿eh? ¡Qué mala suerte! A mí sólo me entienden las brujas que tienen un don, y ya con eso tengo bastante. Oye, ¿tu amigo se comió el gusano?

—Pues claro. Se lo comió todo. Yo tenía miedo de que estuviera envenenado, pero parece que se encuentra bien.

—Yo no diría eso exactamente. Sigue durmiendo, ¿no?

—Es que no hemos dormido bien últimamente. Debe de estar muy cansado.

—¿Ah, sí? A ver, sacúdelo y trata de despertarlo.

—Pensaba dejarlo dormir un poco más. Necesita reposar.

—Intenta espabilarlo ahora mismo; a ver qué pasa.

—Prefiero dejarlo tranquilo.

—¡Hazlo de una vez! ¡Es por tu propio bien!

Evidentemente, el murcielaguito mandón tenía la intención de fastidiarme hasta que obedeciera sus órdenes, de modo que salté a regañadientes hasta Eadric y le toqué en el hombro con delicadeza. Pero él se dio la vuelta, resopló y siguió roncando.

—No consigo despertarlo.

—¿Cómo vas a lograrlo si se comió todo el gusano? ¿No viste la botellita que Vannabe tenía en la mano? Contenía una poción que produce sueño, y si tomas una sola gotita, puedes pasarte varios días durmiendo. ¿Qué crees que le dieron las brujas a Blancanieves y a la Bella Durmiente para que descansaran y se despertaran más guapas? Por lo tanto, si te tomas toda la botellita de esa poción te quedas fuera de combate más de cien años y, a menos que quieras dormir también una siesta muy pero que muy larga, te aconsejo que no consientas que la bruja se dé cuenta de que estás despierta. Así que acurrúcate en un rincón y finge que sigues dormida o buscará otro método para darte la poción; tiene sus motivos para desear que no molestéis. ¡Y ahora, atención, porque se está despertando!

Me escabullí hasta la parte de atrás de la jaula y fingí dormir por si el murciélago tenía la razón. Por el rabillo del ojo, vi a Vannabe bostezar, sentarse en la cama y rascarse las costillas. El hilillo de baba le relucía en la mejilla, pero no parecía darse por enterada. Apartó la manta de una patada y se levantó de un salto.

—¿Qué estás mirando? —refunfuñó al ver a *Sarnoso*.

Él no contestó, pero evidentemente la bruja tampoco esperaba una respuesta. Atravesó el cuarto arrastrando los pies, salió descalza al umbral y dejó la puerta abierta. El aire fresco, en vez de ser un alivio, alborotó el polvo de la habitación y con él el olor a ropa sucia, grasa rancia, jaulas mugrientas y cacas de murciélago. Casi me alegré cuando la bruja volvió a entrar y cerró la puerta.

Se acercó a la chimenea rascándose todavía las costillas, se inclinó sobre el fuego, de espaldas a nuestra jaula, y cogiendo una cuchara de madera colgada de un clavo en la pared, revolvió el contenido de una olla negra y grasienta. Luego puso ésta sobre la mesa y se sentó a comer, hasta que la cuchara de madera rascó el fondo de la olla.

—¡A comer todos, que nadie se quede con hambre teniendo aquí estos manjares! —dijo acercándose hacia la parte de habitación donde estábamos nosotros—. Comedlos poco a poco, porque no pienso daros nada más hoy.

Un anaquel de libros y una colección de botellas me tapaban el panorama. Sin embargo, oía a otros bichos meneándose en sus jaulas, a medida que la bruja le daba a cada uno su ración.

Cuando llegó a nuestra jaula, cerré los ojos y traté de respirar despacio y al compás, igual que Eadric. Vannabe abrió la puertecilla y creí que se me iba a salir el corazón por la boca, pero hice un esfuerzo por quedarme quieta. Mantuve los ojos cerrados y permanecí tan relajada como pude incluso cuando me clavó una uña en las costillas.

—Conque una princesa, ¿eh? —se burló la bruja—. ¿Qué se siente siendo una rana, alteza?

Apartó la mano, pero todavía no abrí los ojos. Eadric debía de estar recibiendo el mismo tratamiento.

—¿Y tú, príncipe? ¿Cuántos dragones has matado últimamente? ¿O ahora te dedicas a los moscardones?

La estridente risotada me hizo daño en los oídos.

«Y después dicen que yo tengo una risa rara», pensé.

La puerta de la jaula se cerró con un suave chasquido, y cuando estuve segura de que la bruja se había alejado un poco, entreabrí los ojos y respiré más tranquila al verla recoger su saco del suelo y encaminarse hacia la puerta.

—¡Portaos bien, gusanos! —gritó a los animales—. ¡Nada de fiestorras mientras estoy fuera!

Soltó otra carcajada y dio un portazo.

Me relajé por fin una vez que estuvo fuera. Entonces doblé una pata y me rasqué la espalda con un dedo del pie, aunque todavía no conseguía llegar a donde más me picaba.

Examiné por primera vez el lugar en que me hallaba: se trataba de una cabaña pequeña, en la que la cama de la bruja estaba arrimada contra la pared de enfrente a la puerta de entrada, que era la única que había; en la parte delantera de la vivienda, *Sarnoso*, aparentemente dormido, colgaba de una viga muy tosca, y un poco más cerca colgaba una ristra de huesecillos de pájaro que entrechocaban unos contra otros. Nuestra jaula estaba instalada sobre una repisa polvorienta junto al anaquel de libros; encima de éstos había un cráneo de un feto de dragón, con las cuencas de los ojos prácticamente llenas de polvo.

Al otro lado de la jaula había una colección de frascos y botellas, todos etiquetados, aunque algunos estaban girados y no podía leer las etiquetas; los frascos más grandes contenían orejas de conejo, colas de gato y colmillos de jabalí, y las botellas más pequeñas, cristales y preparados en polvo. En uno de los frascos grandes había unas albóndigas peludas de color azul oscuro, con el nombre de «Tripa de ogro», y en otro flotaban en un líquido transparente unos globitos blancos y carnosos. Solté un grito cuando uno de éstos giró sobre sí mismo y se quedó mirándome: eran globos oculares y tenían vida, a juzgar por la manera en que se empujaban para mirar. No tardé en comprender que había más elementos vivitos y coleando, como unos jirones arrugados de carne verdosa, que se estremecían dentro de un frasco con la etiqueta «Labios de lagarto», o unos «Hocicos de cerdo», que se fruncían y olfateaban alrededor. Había también un botellín alargado lleno de gases de colores que, aunque no eran materia viva, no cesaban de arremolinarse, mezclándose y separándose en intrincados y fugaces dibujos.

A todo esto, algo se movió cerca de la chimenea y me arrimé a los barrotes para mirar. No había nada a la vista, aparte del hierro para atizar los troncos y dos barriles hechos con tablas, uno etiquetado con el nombre «Desechos» y otro en el que ponía «Sin deshacer». El de los desechos estaba destapado; presté atención y me pareció oír que salía un gorgoteo de su interior... El barril con la etiqueta «Sin deshacer» tenía una tapa de madera y, de repente, se movió y dio un brinquito. Sorprendida, oí a los bichos de las otras jaulas hablando entre sí.

—¿Quiénes son? —chilló una vocecita.

—No lo sé, pero oí a uno de ellos hablando con *Sarnoso*.

La segunda voz era apenas un resuello y casi no la entendí.

—¿Crees que nos los presentará?

—No lo sé. Ya lo conoces. Es un mandón y hay que pedirle permiso para todo.

—Con mucho gusto os los presentaré —interrumpió el murciélago—. Pero todavía no sé cómo se llaman. ¡Oye, ranita!

Contesté al momento, puesto que había estado escuchando la conversación.

—Yo me llamo Emma y éste es Eadric; somos una rana y un sapo hechizados. En realidad yo soy una princesa y Eadric es un príncipe.

Jamás había oído aullar de risa a un animal. Y me habría puesto a la defensiva si no me hubiera hecho tanta gracia, así que solté también una carcajada. Hacía varios días que no me sentía tan bien.

Sarnoso se retorció en su viga para mirarme de frente y esperó a que acabara de reírme antes de volver a hablar.

—Menuda risa tienes, princesa —declaró, mientras yo seguía hipando y resoplando—. ¿Te has reído así toda la vida, o sólo desde que eres rana?

—Siempre me he reído así, desde que era humana. Pero, de verdad, soy una princesa y me llamo Esmeralda; y éste es el príncipe Eadric. Soy la única hija del rey Limelyn y la reina Chartreuse, del gran reino de Pradoverde; Eadric es hijo de los reyes de Montevista Alta.

Estaba orgullosa de mi linaje real y creí que aquellos bichos ya no tendrían más remedio que mostrarme cierto respeto. La reacción me dejó atónita.

—¡Sí, seguro! —chilló una voz.

—¡Y yo soy el rey de Ratolandia! —chilló otra.

Los animales se comportaban como si fuera la broma más divertida del mundo. *Sarnoso* lanzó tal carcajada que se soltó de la viga y revoloteó como un loco para volver a colgarse.

—¡Soy una princesa de verdad! —grité indignada para acallar las risas—. Sé tocar el laúd, bordar, cantar, bailar y hacer todo lo que hacen las princesas, aunque no tan bien como le gustaría a mi madre. También sé hacer otras cosas que muchas princesas no saben hacer, como por ejemplo, contar, leer y…

—¿Leer? ¿Sabes leer? —El murciélago se puso serio de pronto.

—Pues claro. Y también sé nadar, aunque eso lo he aprendido siendo rana. Y también sé…

—¡Vale! ¡Te creo! —exclamó *Sarnoso*—. ¡Qué cantidad de habilidades!

—Vaya que sí —musitó la voz que era un resuello—. A mí me gustaría saber contar; probablemente tejería mejor mis redes.

En éstas, sentí un picor en las patas; el sarpullido seguía propagándose por mi cuerpo.

—Ahora os toca a vosotros —dije, algo más apaciguada—. Decidme todos vuestros nombres.

—Muy fácil —soltó el murciélago—. Yo me llamo *Sarnoso*, como ya sabes, y en esa jaula, debajo de ti, viven las arañas, que se llaman *Iny*, *Miny* y *Mo*. Antes

89

vivían en un rincón al pie de la escoba, pero Vannabe las descubrió y las encerró en la jaula.

—Teníamos un hermano que se llamaba *Meny* —susurró una vocecita—, pero la bruja lo pisó tratando de atraparnos.

—¡Cuánto lo siento! —exclamé rascándome detrás de la oreja con todos los dedos.

—Es uno de los riesgos de ser araña —dijo tristemente la vocecilla.

—Junto a las arañas viven *Clifford* y *Louise* —prosiguió *Sarnoso*—. Son dos ratones, que antes vivían debajo de la cama y, como están juntos hace tiempo, casi siempre uno termina las frases del otro.

—Vannabe dijo que estaba harta…

—… de oírnos corretear por ahí.

—Nos metió en esta jaula…

—… y ahora vivimos aquí encerrados.

—¡Qué muermo!

—¡Antes corríamos un montón de aventuras!

—No te imaginas…

—… qué esconden estas paredes.

—Será mejor que dejemos este tema —intervino *Sarnoso*—. Por cierto, no te he presentado todavía a *Mandíbula*. Ella ha vivido aquí desde que Vannabe se mudó a la cabaña; la encontró en el jardín el primer día y la encerró. Como no es muy habladora, yo te explicaré cosas de ella: está metida en la jaula del rincón, en el suelo, pero aunque es la más grande de la cabaña, a duras penas cabe dentro. Ya era una serpiente grande cuando llegó Vannabe, y desde entonces ha crecido todavía más.

«Una serpiente...», pensé.

La sola idea de hallarme con ella en la habitación, aunque estuviera metida entre rejas, me hizo retumbar el pecho y noté que la piel se me ponía fría y pegajosa.

—¡Ahora te toca a ti otra vez! —resolló una de las arañas—. Cuéntanos de qué manera os hechizaron a vosotros dos.

—¡Vamos, princesa! —chilló un ratón—. ¡Cuéntanoslo!

—Cuéntanos…

—… ¡cómo te convertiste en rana!

Yo no pensaba más que en esconderme de la serpiente, pero me correspondía contestar. Tragué saliva y traté de hablar sin que me temblara la voz:

—En realidad Eadric fue el primero que se convirtió en sapo porque hizo un comentario que no le gustó a una bruja y ella lo hechizó. Cuando lo conocí, le di un beso para que volviera a ser príncipe, pero también me convertí en rana. Al encontrarnos con Vannabe, creímos que era la bruja que había hecho el encantamiento, pero resultó que no era ella.

—¿Estás de broma? —cuestionó *Sarnoso*—. Vannabe no sabe ni convertir una col en ensalada. Está tratando de hacerse bruja, pero no tiene ningún talento.

—Entonces, si no es bruja, ¿por qué nos atrapó a Eadric y a mí? ¿Y qué va a hacer con esas plantas que recogió?

—Te lo diré —comentó el murciélago—, si realmente quieres enterarte.

—*Sarnoso* sabe lo que dice —susurró una de las arañas con una vocecita tan tenue que parecía irreal—.

91

Lleva media vida en la cabaña, atado a la viga con un trozo de cordel, pero éste es demasiado corto y él no puede volar hasta las jaulas, porque si no nosotras ya lo habríamos soltado. *Sarnoso* ha intentado muchas veces deshacer el nudo, pero parece de acero. A mí me gustaría trepar hasta allá arriba para ver cómo se lo hizo la vieja bruja.

—A nuestro hermano *Mo* le interesan mucho los nudos, son la pasión de su vida; en cambio, a *Iny* y a mí nos gusta tratar de realizar diferentes dibujos con nuestras telarañas. Puedes observar una muestra de nuestro trabajo en aquel rincón junto a la escoba; lo hicimos los cuatro, *Iny*, *Meny*, *Mo* y yo, antes de que nos atrapara la bruja.

—Es una obra notable —afirmé.

—Si habéis terminado de parlotear, podré contarle algo más sobre Vannabe, pero no pienso decir nada con todos vosotros charlando a la vez. —El murciélago echó una mirada feroz a las jaulas antes de columpiarse ante mis narices—. Primero tendré que explicarte una pequeña historia: Vannabe habita aquí desde hace cerca de un año, pero yo soy el único que estaba en la cabaña cuando llegó; vivía aquí con la antigua bruja, que se llamaba Mudine. Ésta era una viejecita muy amable, aunque al final ya tenía un tornillo suelto; nadie venía a visitarla, porque a ella no le gustaba la gente y los demás se sentían incómodos en su compañía. A mí me soportaba porque le fastidiaban los insectos, y como le parecía que hacer la limpieza era una pérdida de tiempo, había un montón de bichos. Mi misión consistía en comérmelos.

»Fue una época dorada. —Soltó un suspiro y agitó las alas—. Mudine sabía hacer magia de verdad y ¡de vez en cuando las cosas se ponían emocionantes! Sin embargo, ya era una anciana cuando yo vine a vivir con ella, y no gozaba de muy buena salud. Al final se puso enferma y al verse incapaz de cuidar de los animales, los dejó salir a todos de sus jaulas; se debilitó tanto que no pudo subir a soltarme el nudo, de modo que me quedé aquí amarrado y llegó el día en que se tendió en la cama y desapareció en medio de una nube de humo.

»En esa época yo ya había visto a una chica de una granja vecina husmeando por aquí. Nunca lo dije, pero lo sabía. El mismo día en que Mudine desapareció, la chica, que era Vannabe, se mudó a la cabaña. La nube de humo flotaba todavía en la habitación cuando forzó la puerta y se instaló como si estuviera en su casa. Pero por lo que me consta, no sabe absolutamente nada de magia; su único talento es que sabe leer, aunque hay que aceptar que eso es todo un logro. Hoy en día, para ser una buena bruja hay que tener el don, pero también saber leer para descifrar los viejos conjuros, ¿me entiendes? Porque eso de transmitirlos de boca en boca tiene sus bemoles, y a la gente se le olvidan las cosas, o pronuncia mal las palabras... ¿Y adónde iríamos a parar entonces?

»En fin, que Vannabe quiere ser bruja, pero para serlo no basta con desearlo porque, si no tienes algún talento, sólo puedes realizar los conjuros más sencillos, que son los que vienen en los libros. Y a ella no le interesan los hechizos elementales, pues se le ha metido en la cabeza que una bruja de verdad tiene que hacer ma-

93

gia en grande y dejar a todo el mundo boquiabierto; no se da cuenta de que los conjuros sencillos también son importantes.

—Pero ¿por qué vino aquí si no sabe hacer magia?

—Eso ya no lo sé. Tal vez todavía no se ha dado cuenta de que no sabe, o es demasiado terca para darse por vencida, o tal vez se lo pasaba tan mal en la granja que prefiere vivir aquí.

—¿Tú sabes qué ha ido a buscar ahora?

—Quiere intentar poner en práctica uno de los hechizos más complicados de Mudine. Es un hechizo que precisa ingredientes poco comunes, como el aliento de dragón que ves en esa botella; ahí junto a ti, ¿lo ves? Es el botellín alargado, donde hay un remolino de colores; era parte de la colección de Mudine. Vannabe nunca habría logrado embotellarlo por su cuenta.

—¿Y para qué sirve el hechizo?

—Para lo de siempre: Vannabe quiere ser eternamente joven y bella. Esos hechizos casi siempre salen al revés, pero no hay manera de convencerla.

—Dile a la rana cuáles son los otros ingredientes —dijo una voz cortante y desagradable.

Se me puso la piel de rana en cuanto la oí.

«Es la serpiente», pensé, y me recorrió un escalofrío.

—¡Ah, sí, sí! —dijo *Sarnoso*—. Mira, además de ciertas plantas raras, necesita las lenguas y los dedos de dos ranas parlantes. Por lo tanto, tiene planes para tu amigo y para ti: estáis condenados desde que os oyó hablar. Por eso quiere manteneros dormidos; no sea que os hagáis daño en la lengua o los dedos, antes de que ella los utilice.

—¡Nuestras lenguas y dedos! ¡Ni siquiera me escuchó cuando le expliqué que no somos ranas! Le dije que mis padres le entregarían una recompensa, pero le dio igual.

—Claro. Siendo humanos, no le serviríais de nada. Lo que necesita son dos ranas parlantes para que funcione el hechizo. Ni oro ni joyas podrán pagar lo que busca; sólo los ingredientes adecuados, lo cual te incluye a ti, o por lo menos a ciertas partes de ti.

—¿Qué vamos a hacer ahora?

—La única esperanza es que no encuentre las plantas que ha ido a buscar, porque el hechizo tampoco funcionaría sin ellas.

—Sí que estás enterado de lo que ocurre aquí —le dije al murciélago.

—Desde luego. Hace una eternidad que vivo en este lugar y lo controlo todo desde mi viga —dijo él, orgulloso.

El viento silbaba a través de las rendijas de las contraventanas, levantando motas y remolinos de polvo alrededor de la cabaña. La habitación se oscureció unos segundos y las gotas de lluvia tamborilearon en el tejado. Pero de repente cesó de llover. Poco después volvió a soplar el viento y el torbellino de polvo me hizo toser; entonces empezó a llover de verdad; las gotas eran gruesas y estrepitosas y una docena de chorritos de agua se escurrían desde el tejado, formando manchas húmedas en el suelo y sobre la mesa. *Sarnoso* se trasladaba a lo largo de la viga para evitar las goteras más grandes.

Nos habíamos callado todos, arrullados por el rumor de la lluvia. Era un sonido apacible, pero yo aún no

95

conseguía relajarme y notaba una especie de cosquilleo en la espalda, como si alguien estuviera mirándome. Giré la cabeza para echar un vistazo, convencida de que no podía ser Vannabe; al principio no vi nada, pero luego reparé en el frasco de globos oculares: ¡todos me miraban! Tuve la misma sensación que experimentaba en las contadas ocasiones en que mi padre me hacía sentar cerca de él en el escabel del trono durante las audiencias. Tanto los cortesanos como los plebeyos me observaban esperando a que metiera la pata para tener algo de que hablar después. Yo detestaba esa sensación, pero ahora resultaba mucho peor; ya bastante repelús me inspiraban los globos oculares cuando no me contemplaban. Traté de no prestarles atención, pero no había remedio.

Por ello, me sentí casi aliviada cuando la puerta de la cabaña chirrió sobre sus desvencijados goznes y Vannabe irrumpió en la habitación. Todos los ojos se volvieron hacia ella. Dejó caer el saco mojado en el suelo y corrió a encender el farolito; yo me acurruqué y fingí dormir, pero el corazón me dio un vuelco cuando la bruja se acercó a mi jaula.

«Éste es el fin», pensé.

Si alguien me hubiera dicho que acabaría siendo uno de los ingredientes de un maleficio lo habría tomado por chiflado. ¡Pero ahora...! La bruja se detuvo delante de la jaula y contuve la respiración. Me preparaba para perder algunas de las partes más queridas de mi cuerpo cuando advertí que Vannabe repasaba la pila de libros en vez de mirarme a mí.

—Debe de estar en uno de éstos —murmuró—. La

vieja tomaba muchos apuntes; seguro que escribió algo acerca de esas plantas.

Retiró el cráneo de dragón que había encima de los libros, eligió algunos y se los llevó a la mesa. Al cabo de unos minutos, regresó y volvió a repasar los títulos.

Yo fingía dormir cada vez que se aproximaba a la jaula y sólo abría los ojos cuando estaba segura de que miraba en otra dirección y, aun entonces, atisbaba con los párpados entornados. Y fue una suerte hacerlo así porque, al aproximarse una vez más, se detuvo ante mi jaula y percibí que me vigilaba, a pesar de tener los ojos cerrados.

—Las lenguas y los dedos de los sapos pueden esperar hasta que el resto esté listo —decidió Vannabe tras un largo silencio—. Así estarán más frescos y serán más potentes.

Oí cómo se dirigía de nuevo hacia los libros y los examinaba una vez más. Un escalofrío me recorrió todo el cuerpo, pero traté de disimular. Por fin Vannabe eligió un ejemplar y regresó a la mesa. En el cuarto reinaba un silencio absoluto y, aunque yo estaba segura de que la bruja estaba concentrada en sus estudios, tenía demasiado miedo para abrir los ojos.

«La lengua y los dedos... —pensé—. Nos los va a arrancar. Incluso si no nos mata, quedaremos mutilados el resto de nuestras vidas. ¿Qué vamos a hacer?»

Era ya muy tarde cuando la bruja encontró el libro mohoso y amarillento que contenía las viejas notas de su predecesora. Examinó absorta los dibujos en busca de las plantas que figuraban en el conjuro.

—¡Aquí están! —exclamó al fin—. Pero, según dicen estos apuntes, no necesito las hojas, sino los tallos… —Soltó un bostezo—. Bueno, los buscaré mañana a primera hora. ¡Sí, mañana será el gran día!

Continuó escrutando el dibujo, pero se quedó dormida con el libro muy agarrado entre las manos.

Cuando me cercioré de que realmente dormía, corrí al lado de Eadric y lo zarandeé con todas mis fuerzas.

—¡Eadric! —le susurré al oído—. Tenemos que pensar en algo; hemos de salir de aquí esta noche. ¡Nos van a cortar la lengua mañana! ¡Y los dedos! ¡Eadric, por favor! ¡Despierta!

Él soltó un gruñido, alzó la cabeza y me miró con los ojos entrecerrados.

—Déjame en paz, Emma. No tengo ganas de hablar ahora.

—¡Estás despierto! ¡Te has despertado!

Eadric dejó caer la cabeza entre los brazos, pero yo lo agarré por los hombros y lo zarandeé otra vez, desesperada.

—¡Tenemos que hablar ahora mismo! ¡Esto no puede esperar hasta mañana!

Se puso a roncar y yo me derrumbé abatida en el suelo; las lágrimas me resbalaban por las mejillas cayendo como goterones en el suelo de la jaula, y por centésima vez en el día me pregunté que íbamos a hacer.

—Oye, no te desesperes —me consoló *Sarnoso* desde la viga—. Si se ha despertado un momento, mañana estará completamente espabilado. Déjalo tranquilo y trata de descansar tú un poco. Te harán falta las fuerzas mañana.

—No puedo dormirme... Tengo demasiado miedo y, además, la picazón me está volviendo loca.

—Vaya, ¿te ha salido un sarpullido? Bueno, aunque no puedo quitarte el miedo, tal vez conozca un remedio para el picor, pero necesitaremos algo de luz. Así que será mejor dejarlo para mañana. Ahora relájate y trata de dormir. Todavía no está todo perdido, al menos por ahora.

Diez

—¡Eh, eh!

Oí el rumor en plena duermevela.

—¡Eh! ¡Emma, despierta!

Levanté atontada la cabeza. De buenas a primeras no reconocí la jaula ni la habitación azotada por el viento, pero enseguida recordé dónde estaba y qué se suponía que iba a pasar ese día. Acabé de espabilarme en un instante.

—¡Emma, despierta! ¡Vannabe ha salido! ¡Date prisa, tengo una idea!

—Ya estoy despierta —dije parpadeando, y miré hacia el techo.

—¡Por fin! —soltó el murciélago, y se descolgó de un brinco desde la viga hasta el anaquel de libros.

—¡*Sarnoso*! —exclamé—. ¿Qué estás haciendo?

—Se me ha ocurrido una idea —jadeó—. Estaba pensando en tu sarpullido y me acordé de este libro.

Tiró del cordel hasta el límite, sacó un libro y lo dejó caer en la repisa de la jaula.

—¡Aquí está! —dijo con voz triunfal—. ¡Creo que es éste!

—¿De qué hablas? ¿De qué puede servirnos este libro?

—Ábrelo y echa una mirada. Si no recuerdo mal, hay un conjuro para librarse del sarpullido.

—El sarpullido no es lo que más me preocupa, *Sarnoso*.

—Ya lo sé, pero si hay un conjuro para eso, debe de haber otros hechizos útiles, ¿no? Yo no sé leer, así que tampoco sé a ciencia cierta si éste es el libro adecuado. Anda, ábrelo.

—¡Pero no servirá de nada! ¡Yo no sé hacer magia y siempre meto la pata!

—¿Qué dices? Lo único que tienes que hacer es leer. Y tú sabes leer, ¿no?

—Claro que sí, pero ¡tú no me conoces! ¡Ni siquiera los conjuros más tontos me salen bien! ¡Si te contara lo que pasó cuando traté de ordenar mi cuarto usando la magia! Desde ese día mi cama sigue haciéndose sola, ¡aunque yo esté acostada dentro!

—Pues peor para ti. Si prefieres que te arranquen la lengua…

—¡Vale, vale! ¡Entendido! Supongo que no pierdo nada con intentarlo…

Intenté abrir el libro, pero no llegaba con las manos; probé a ponerme de costado para sacar una pata por entre los barrotes, pero fue en vano.

—¡No llego! —dije, después de intentar alargar la pata cuanto pude.

Eché una mirada alrededor buscando algún palo, pero no había nada cerca de la jaula, ni tampoco dentro, aparte de Eadric, que seguía tendido boca arriba despatarrado. No tenía en absoluto el aspecto de un sapo en esa posición, aunque... sus patas eran largas, más largas que las mías, y si conseguía despertarlo...

Lo zarandeé con suavidad, cogiéndolo por los hombros, susurré su nombre y le di golpecitos en las costillas, pero en vista de que no se despertaba, entré a saco y lo llamé a gritos. Sin embargo, apenas se movió. Entonces le tiré de una de las patas hasta que rodó sobre sí mismo y, por último, empecé a darle bofetadas.

—No he sido yo, mamá —murmuró apartándome la mano—. Yo no puse ese ratón en la cerveza de la niñera cuando fue al baño.

Miré al murciélago, que había regresado a la viga y me observaba colgando cabeza abajo.

—Dijiste que Eadric se despertaría hoy... ¿Qué voy a hacer?

—Podrías probar el remedio de esas tontuelas, Blancanieves y la Bella Durmiente, ya sabes. Te expliqué que a ellas les dieron de beber la misma poción, ¿no lo recuerdas?

—Sí, ahora que lo dices, ya me acuerdo. Ambas eran princesas y las despertaron dos príncipes que les dieron un... ¡Vaya, *Sarnoso*, no me digas que tengo que darle un beso!

—Pues si quieres despertarlo...

—Ya te he contado qué pasó la última vez.

—Me sorprendería mucho que vuelvas a convertirte en otra cosa. Tú haz lo que quieras, pero date prisa porque no tenemos mucho tiempo. Vannabe volverá tarde o temprano.

—Ay… no sé, pero… bueno, vale. Nada será peor que ser rana, si es que me convierto en algo.

Me acurruqué junto a Eadric y le sostuve la cara entre las manos.

—Tiene gracia —dije—. Al final voy a acabar dándole el beso, en premio por ser tan dormilón.

Estaba a punto de besarlo cuando se me ocurrió algo más y, alzando la cabeza para mirar al murciélago, le dije:

—Oye, *Sarnoso*, no tendré que casarme con él por haberle besado, ¿verdad? A esas chicas les pasó eso porque los príncipes las besaron.

—No, no tendrás que casarte con él, a menos que tú quieras.

—¡Bien! Es que no quiero comprometerme tan pronto.

Esta vez no cerré los ojos, pues pensé, medio en serio y medio en broma, que no me convertiría en nada mientras los mantuviera abiertos. Eadric tenía los labios suaves y frescos, igual que la vez anterior, y todavía no había apartado mi boca de la suya cuando parpadeó y abrió los ojos de par en par.

—Vaya, ¡hola, guapa! ¿Quieres decirme algo? —comentó mirándome con malicia.

—¿Qué dices? Fue sólo para…

—¡No te lo tomes a mal! Me gusta mucho que me bese una chica guapa. No me lo esperaba, eso es todo.

—Yo no te estaba besando. Bueno, sí, te he besado, ¡pero sólo para que te despertaras!

—¡Oh, pues me ha encantado! Puedes despertarme así todas las mañanas y darme un beso igual todas las noches antes de dormir.

Me guiñó el ojo y me cogió por los hombros. Pero yo le aparté las manos y brinqué hasta el otro lado de la jaula. Necesitaba algo de espacio para explicárselo todo.

—¡Te he besado porque has estado durmiendo desde anteayer! ¡Te dije que no comieras ese gusano, pero no, tú tenías que comértelo! Y resulta que la bruja lo había remojado en poción para dormir. Y tú venga a dormir, en vez de ayudarme a salir de aquí. ¡He pasado un miedo espantoso mientras tú roncabas a pierna suelta! ¡No hay derecho!

—Emma... —balbuceó Eadric.

—No digas nada; no tenemos tiempo para hablar. La bruja no tardará en volver y nos cortará la lengua y los dedos. Así que ¡levántate y ayúdame! Debemos leer este libro, pero no llego a abrirlo desde aquí. ¿Crees que podrás pasar las páginas?

Eadric estaba completamente perplejo, pero no hizo más preguntas. Soltando un suspiro de resignación, se levantó con esfuerzo y atravesó de un salto la jaula; entonces se acurrucó y sacó el brazo por entre los barrotes, pero tampoco alcanzaba el libro.

—Prueba con la pata —le sugerí.

Di un brinco de alegría cuando vi que su larga pata tocaba el libro.

—¿Qué estamos buscando? —preguntó.

—Tú pasa las páginas hasta que yo te diga —respondí—. Ya te enterarás.

—Busca primero el conjuro para el sarpullido —ordenó *Sarnoso*—. Así sabremos si es el libro adecuado.

Eadric se dio la vuelta sobresaltado porque no había visto al murciélago. De modo que se inclinó junto a mí, disimulando el susto, y me cuchicheó al oído, rozándome la oreja con los labios.

—¿De dónde ha salido ese bicho?

—Es un amigo —expliqué—. Se llama *Sarnoso*. ¡Ahora cállate y déjame leer!

Repasé los conjuros, concentrándome en unos y prescindiendo de otros, y siguiendo mis instrucciones, Eadric pasó lentamente las páginas, hasta que llegamos casi al final del libro.

—¡Ya lo tengo! —dije señalando el título de un hechizo—: «Adiós picazón: para librarse del picor allí donde no alcanzas a rascarte».

Sarnoso se paseó nervioso encima del anaquel de libros y me aconsejó:

—Prueba a hacerlo; así practicarás.

—Pero qué hago, ¿lo leo en voz alta?

—Sí, pero ¡recítalo con sentimiento, Emma! ¡Gesticula con los brazos!

—¿He de hacer algún gesto en especial?

—No, ninguno, ¡basta con que sean exagerados!

—Vale, ¡allá voy!

Recité el conjuro con toda la emoción que pude, moviendo los brazos y haciendo gestos absurdos.

Granos, ronchas, pústulas,
urticarias y bubones,
todo tipo de piquera y comezón,
si rascáis bajo la camisa
o en el fondo de los calzones,

¡decid adiós!
Fuera, largo, no volváis más.
¡Dejad mi tierna piel en paz!

En éstas, una ráfaga helada recorrió la habitación, aunque la puerta y las ventanas estaban cerradas. Por un instante sentí un picor en todo el cuerpo, pero entonces me miré la pata: la piel se había vuelto lisa y verde, igual que cuando no tenía el sarpullido. También me miré la espalda girando la cabeza todo lo que pude: verde y lisa también. ¡Todos los granitos habían desaparecido!

—Buen trabajo, sí señor —dijo *Sarnoso*—. Por cierto, también daría resultado para curar el acné y las espinillas. Si fueras una chica, ¡no tendrías ni un granito hasta el fin de tus días!

—¡Genial! ¡Este libro es increíble si todos los conjuros funcionan! Mira estos que salen aquí, Eadric. Hay uno indicado para la piel y dice que el cutis te queda tan terso como el culito de un bebé; y con este otro puedes cambiarte el cabello de color, se llama «Cambia tu pelo»; éste se llama «Un hermoso cuerpo» y pone que puedes comer todo lo que quieras sin aumentar ni medio kilo. ¿Crees que habrá alguno que explique cómo ser menos torpe?

—No son más que consejos de belleza inútiles —rezongó Eadric—. ¿De qué nos servirán contra la bruja?

—No todos son inútiles. Mira, éste podría servir de algo: «Adiós chirridos; sus puertas no volverán a chirriar jamás»; o éste: «Crecepronto, ¡para cultivar las

107

verduras más grandes del mercado!», o este otro: «Abrefácil, para abrir lo que sea sin romperse las uñas». ¡Fíjate, son todos sencillísimos! —Y recité con voz normal:

> Ábrete, apártate, suéltate, desátate,
> antes de que acabe de hablar.
> Ábrete, puerta,
> apártate, pasador,
> suéltate, cadena,
> desátate, nudo.

De inmediato un trueno estremeció la cabaña. Al mismo tiempo un torbellino de papelitos recorrió la habitación y, con un pequeño estallido, las tapas saltaron de las cajas, los corchos salieron despedidos de las botellas, las contraventanas se abrieron de sopetón, la puerta voló y luego dio un estruendoso portazo, el cordel de *Sarnoso* se desató y todas las jaulas se abrieron con un ¡buuum!

—¡Te lo dije! —exclamó el murciélago.

—Eres un genio, *Sarnoso*. ¡Tenías razón!

—¡La puerta está abierta, amigos! ¡No os quedéis ahí charlando! —gritó Eadric—. ¡Salgamos de aquí antes de que vuelva la bruja! Fijaos, allá van los ratones.

Clifford y *Louise* habían escapado al instante y ya estaban cruzando el umbral.

—¡Ten cuidado, Emma! —gritó *Clifford*.

—¡La serpiente anda suelta! —gritó *Louise*.

—¡Ay, me olvidaba de ella! —dije sin aliento—. ¿Dónde crees que estará?

—¿Una serpiente? —preguntó Eadric—. ¿Qué serpiente?

—Había una serpiente enorme en una de las jaulas. Se llama *Mandíbula*.

—No me extraña —murmuró Eadric—. ¿Cómo se iba a llamar si no?

—Probablemente ya se habrá marchado —opinó *Sarnoso*—. No era muy sociable, así que no creo que se haya quedado para conversar. Pero déjame que te lo diga, Emma: ¡estoy muy orgulloso de ti! Estaba seguro de que lo conseguirías desde el instante en que me dijiste que sabías leer.

—Entonces, ¿por qué no me dejaste leer el conjuro enseguida? ¿Y si no lo hubiera hecho a tiempo?

—No sabía a ciencia cierta qué conjuros contenía el libro, aunque sí tenía la idea de que eran muy sencillos y que algunos servían para distintas cosas. Pero ni yo mismo los había leído jamás; tú eres la primera criatura que conozco que sabe leer.

—Oye, ¿y las arañas están todavía en la jaula? —pregunté recordando a las prisioneras más minúsculas de Vannabe.

—Fueron las primeras en salir —repuso *Sarnoso*—. Las vi escurrirse por una grieta en el suelo.

—Eh, ¿qué es eso? —Eadric señaló la chimenea poniendo los ojos más saltones que de costumbre.

Convencida de que exageraba la nota, me di la vuelta para mirar lo que indicaba. Pero confieso que si las ranas sudaran, me habría quedado empapada de un sudor helado: el barril de «Desechos» estaba igual que antes, aunque algo se meneaba en el interior. Sin embar-

109

go, la tapa del barril con la etiqueta «Sin deshacer» había saltado por los aires y, retorciéndose en el borde, tres tentáculos babosos exploraban los alrededores. Solté un chillido cuando un cuarto tentáculo se alzó en vilo y se pegó a la pared con un chapoteo pegajoso.

—¡Jo! —exclamó el murciélago aleteando con nerviosismo—. Me parece que Vannabe va a tener que deshacer pronto esa basura...

—¿Por qué en el otro barril pone «Desechos»? —pregunté, y tragué saliva.

—Porque esa basura ya no podía zafarse de ahí. ¡Pero se ve que ésta sí!

—¡Y eso la convertirá en una basura «Sin deshacer»!

—¡Uf! —exclamó *Sarnoso*.

—Otro motivo para pirarnos de inmediato. ¡Mira! —gritó Eadric haciendo una mueca de repugnancia cuando vio que un tentáculo suelto se escurría hasta el suelo y avanzaba hacia la mesa, dejando a su paso un rastro de baba.

—¡Huyamos!

—Eadric tiene razón, *Sarnoso*. ¡Hasta la vista!

—¡Un momento, Emma! —me llamó el murciélago—. Llévate esto.

Revoloteó hasta la repisa junto a la jaula; se aferró con un ala al botellín de aliento de dragón y lo arrastró hasta nosotros.

—Si la bruja se queda sin esta botella, ya no tendrá motivos para cazar ranas parlantes.

—¿Y si nos persigue para recuperarla?

—No sabrá que nos la hemos llevado nosotros si

no nos ve. Y no nos verá si nos largamos ahora mismo —dijo Eadric, cogiendo el botellín con ambas manos, y lo arrastró hasta el borde de la repisa.

Le dije adiós con la mano a *Sarnoso*, y Eadric y yo saltamos al suelo y brincamos a toda prisa hasta el umbral.

—¡Espera!

Entré de nuevo en la habitación y miré hacia la repisa: el murciélago seguía allí, cabizbajo y con las alas desmadejadas. Parecía tan entristecido que me entraron ganas de llorar.

—¿No vienes, *Sarnoso*?

—No, creo que me quedaré aquí. He pasado casi toda mi vida en la cabaña y no tengo adónde ir.

—Ven con nosotros —sugerí.

Una chispa de alegría le iluminó el rostro un momento, pero luego meneó la cabeza y se enfurruñó.

—No podrá ser —dijo—. Nací para ser el murciélago de una bruja. ¡Siempre lo he sido y siempre lo seré!

—¡Pero volverá a atarte!

—No podrá hacerlo en esta cabaña, después del conjuro que has recitado, ni podrá cerrar ni atar nada mientras no encuentre otro conjuro que lo anule. Ahora daos prisa y salid de aquí; la oigo venir.

De un brinco me asomé al umbral pero, aunque divisaba hasta el extremo más lejano del claro del bosque, no percibí ni rastro de la bruja.

—Yo no la veo. ¿Cómo puedes oírla tú?

—¿Estás poniendo en duda el oído de un murciélago? —dijo Eadric—. Si dice que la bruja ya viene es porque viene. ¡Vamos! Este botellín pesa bastante.

111

Yo no me resignaba a irme e insistí:

—¡*Sarnoso!* Vannabe ni siquiera es una bruja de verdad. Si quieres ser el murciélago de una bruja, ve a vivir con mi tía. La llaman la Bruja Verde y es mucho más amable que Vannabe. Ven con nosotros y te la presentaré. ¡Estoy segura de que os llevaréis de maravilla!

—No sé, no sé, Emma... ¿Qué opinará ella? Tal vez tenga otro murciélago.

—¡No, qué va! Sólo tiene una culebrita verde que hace lo que le da la gana todo el día.

—Por favor, *Sarnoso*, ven con nosotros —suplicó Eadric—. Emma no saldrá de aquí si no vienes.

—¡Vale, voy! ¡Pero adelantaos vosotros! ¡Tengo que recoger algo!

—¡Ya lo has oído! —dijo Eadric—. ¡Vámonos!

Cruzó el umbral y saltó al prado, todavía abrazando el botellín. Fui brincando tras él, volviéndome de vez en cuando para ver si el murciélago nos seguía. No nos detuvimos a tomar aliento hasta llegar al pastizal.

—¿Lo ves? —murmuré—. ¿Ves a *Sarnoso*?

—No, ni rastro... ¡Pero mira! ¡Ahí viene la bruja!

—Eadric, ¡*Sarnoso* aún está dentro! Si la bruja lo atrapa...

En el borde del claro, Vannabe ya había avistado la puerta abierta. Dio un grito de ira, se remangó las faldas y echó a correr hacia la cabaña. Aunque no podía vernos, Eadric y yo nos agazapamos entre la hierba, mientras el corazón nos daba tumbos a causa del terror.

La bruja dejó caer su saco al suelo y entró como una flecha. Un alarido estremeció el aire. Al cabo de un instante, *Sarnoso* salió volando a toda velocidad y la bruja lo persiguió maldiciendo y dándole escobazos para derribarlo. Él aleteó aún más rápido y voló muy, muy alto, y ella, dándose por vencida, arrojó enfurecida la escoba.

—¡Pues lárgate, murciélago estúpido! ¡De cualquier modo no sirves para nada! —gritó, desfigurada por la ira. Apretó los puños y miró hacia el claro de hito en hito como si éste pudiera responderle—. ¿Quién ha hecho esto? ¿Quién ha soltado a los animales y arruinado mi conjuro?

—Creo que todavía no ha echado en falta el aliento de dragón —susurré.

Vannabe entró de nuevo corriendo en la cabaña y, de nuevo, un aullido escalofriante hizo temblar los marcos de las ventanas.

—Creo que se acaba de dar cuenta —comentó Eadric.

Entonces advertí un movimiento en el cielo, en el que no había ni una nube: *Sarnoso* volaba en zigzag buscándonos.

—¡Aquí, *Sarnoso*! —dije en un susurro.

El murciélago giró en redondo y se dirigió hacia donde estábamos.

—¿Podemos irnos ahora? —preguntó Eadric—. No creo que yo pase inadvertido cargando este trasto.

—Disculpa —dije—. Sí, ya podemos irnos.

Sarnoso revoloteó por encima de nuestras cabezas y se adentró en el bosque. Lo seguimos tan rápido como pudimos, pero el botellín de aliento de dragón nos obligaba a ir despacio. No era fácil brincar llevándolo a cuestas.

—¿Puedes explicarme otra vez por qué tengo que cargar con este estorbo? —preguntó Eadric—. Si es para que la bruja no lo use, igual nos da tirarlo aquí.

—Considéralo desde otro punto de vista —repliqué—. Resulta que este botellín es el único que no se ha abierto, así que debe de tener dentro algo bastante potente. Por lo tanto, será mejor que no lo encuentre nadie, y tal vez algún día nos preste algún servicio.

—Hablas igual que mi madre; nunca tiraba nada a la basura. Pero si seguimos acumulando cosas tendremos que construir una carreta para cargarlas. Ya te digo, ojalá sirva de algo este aliento de dragón. Por cierto, ¿qué es esta historia que le contaste a *Sarnoso* de que vamos a ver a tu tía Grassina?

—Tenemos que ir de todas todas —repuse—. No pienso seguir haciendo tonterías y vamos a ir directamente de aquí a la torre del castillo. Y si todavía no está, buscaremos un sitio seguro y esperaremos su regreso. Ahora ya sabemos que la bruja que te encantó está muerta, de modo que sólo podemos consultarle a mi tía. Es la única capaz de ayudarnos.

—Creo que no comprendes lo peligroso que resultará el viaje. El castillo queda lejos y, aunque llegáramos, los guardias no nos dejarían entrar. Si de milagro logramos burlarlos, nos cazarán los perros, o los criados nos aplastarán de un pisotón. ¿Estás segura de que quieres ir?

—Podrías confiar un poco más en mí, ¿no? ¿Acaso no te saqué de la jaula?

—¡Pero lo hiciste sin querer!

—Eso es lo de menos —me defendí—. No correré

más peligro yendo al castillo que quedándome aquí.

—Querrás decir que no lo correremos los dos.

—No tienes que venir conmigo. Ya me has dicho que no te apetece hablar con mi tía. Es una bruja lanza-conjuros, ¿lo has olvidado?

—Iré si vas tú —dijo Eadric suspirando—. Creo que es una mala idea, pero no puedo dejarte ir sola. Haré lo que pueda para protegerte; no olvides que me interesa tu bienestar. Si esa Grassina es tu tía, no puede ser tan mala persona... Y quiero estar presente en caso de que vuelva a convertirte en princesa.

—¿Para que te convierta a ti otra vez en príncipe?

—Si es posible... —replicó Eadric mirándome de reojo—. Además, a lo mejor me das otro beso por el camino.

116

Once

Como Vannabe nos había llevado a la cabaña metidos en su saco mohoso, no sabía que ya no estábamos en el pantano sino en un bosque, cosa que descubrí al contemplar los imponentes árboles alrededor del claro. En cuanto dejamos atrás los primeros troncos nos dimos cuenta de que no sabíamos hacia dónde ir. Los árboles ocultaban el sol y el bosque era oscuro y lúgubre. Pasamos bajo una vieja encina, brincando por entre las raíces retorcidas, y nos adentramos en una alfombra de hojas podridas a lo largo de los años.

—Este lugar me da repelús —comenté echando una mirada hacia atrás.

—A mí me gusta la oscuridad, pues así me siento más seguro —opinó *Sarnoso*, que se había colgado de una rama, acurrucado contra el tronco de un árbol—. Tengo la impresión de que nací no muy lejos de aquí, pero no recuerdo muy bien dónde.

—Oye, *Sarnoso* —le dije—, no tengo ni idea de cómo llegar al castillo. ¿Te importaría sobrevolar los árboles a ver si lo distingues? Nos iría muy bien.

—Pues si realmente es necesario... Supongo que lo divisaré, pero hace muchísimo sol allá arriba...

—Por favor, inténtalo si no te importa. Es el único castillo con banderas verdes en las torres. Lo reconocerás fácilmente.

—Bien, ya regreso.

Desplegó las alas y revoloteó entre las ramas dando tumbos.

—Está un poco nervioso, ¿no? —preguntó Eadric.

—Sí, pero no tiene la culpa porque es la primera vez que sale de la cabaña desde que era pequeño. Estará asustado y todo le debe de parecer nuevo.

—No vuela muy bien.

—Dale tiempo. Ten presente que llevaba casi toda la vida amarrado a la viga, de modo que no ha podido practicar mucho que digamos.

—Voy a poner esto en el suelo. —Eadric dejó el botellín en tierra y flexionó los hombros para desentumecer los músculos—. Pesa más de lo que crees. Claro que, si me das otro beso, tendré nuevas energías y seguro que podré cargarlo otro rato.

—No lo entiendo, ¿por qué sigues pidiéndome un beso?

—Supongo que ya es por hábito.

—Vale. Pues yo tengo el hábito de decirte que no.

—Me rechazas una vez más, ¿eh? —dijo Eadric con su sonrisita peculiar—. Bueno... también me acostumbraré.

Al oír cómo una ardilla recorría la rama de un árbol remeciendo las hojas, alzamos la vista; yo me sentí diminuta, igual que un enanito en medio de la inmensidad del bosque. Los árboles eran muy viejos, de troncos tan gruesos que no habría podido rodearlos con los brazos, aunque hubiera recuperado mi forma humana; ramas rotas tapizaban el suelo y algunos claros, que permitían la entrada del sol, denotaban que allí se habían derrumbado los árboles más viejos, pero era donde proliferaban los arbolitos jóvenes buscando con avidez su retazo de luz. Ante nosotros el bosque parecía extenderse hasta el infinito y tuvimos la sensación de que no nos costaría nada perdernos en ese lugar.

—¿Sabes?, creo que tu amigo, el murciélago, nos será de gran ayuda. Si sube a mirar de vez en cuando, encontraremos el rumbo correcto.

—Aunque no fuera capaz de ayudarnos, no podría abandonarlo. Ningún animal merecía quedarse encerrado en ese antro.

119

—Me alegra oírte decir eso —musitó una voz.

Me volví mientras me recorría un escalofrío. Las hojas susurraron al paso de la serpiente más grande que había visto en mi existencia: tenía el cuerpo gris y blanco, surcado por cuatro rayas negras, y los ojos le resaltaban mucho porque los rodeaba un círculo, igualmente negro. Me quedé paralizada cuando me miró a los ojos.

—¿Te ocurre algo? ¿Es que no me reconoces?

—¿Eres… *Mandíbula*? —pregunté atragantándome con las palabras.

—A tu servicio —musitó la serpiente enroscando el cuerpo—. Os he oído mencionar adónde vais. Sin duda preferiréis que os acompañe.

—¿Por qué íbamos a preferirlo? —preguntó Eadric con voz temblorosa.

La serpiente lo miró de arriba abajo como quien estudia su próxima comida.

—Porque conozco la vida del bosque, donde han habitado las brujas durante siglos y los restos de sus hechizos han transformado incluso los árboles. Las criaturas mágicas os tomarán por animales, de modo que no hace falta tenerles miedo. Sin embargo, vuestras indiscreciones no tardarán en atraer a los depredadores y no sobreviviréis por vuestra cuenta. Sin mi protección, vuestro viaje está condenado de antemano.

«¡Genial! —pensé—. ¡También la serpiente ha venido a criticar!»

Me tragué el nudo que notaba en la garganta y, tratando de parecer valiente, le pregunté:

—Entonces, ¿no nos comerás?

—No me comería a quien me ha echado una mano, pues tú me sacaste de esa jaula diminuta donde creí que perdería la razón. Un pequeño paseo por el bosque es lo menos que puedo darte a cambio. Por mi honor de serpiente, ¡juro que no te comeré!

Mandíbula inclinó la cabeza con un gesto noble y elegante.

Puesto que yo tenía que dar ejemplo, disimulé por completo el miedo y la repulsión que me provocaba, e inquirí:

—¿Eso incluye a mis acompañantes?

—Por supuesto. Yo...

—¡La serpiente! ¡La serpiente! —chilló *Sarnoso* dando bandazos por encima de nuestras cabezas—. ¡Atentas, ranas! ¡Es *Mandíbula*! ¡Os va a comer! ¿Qué hago yo ahora? ¿Qué hago?

El pobre se había puesto frenético y temí que se hiciera daño con tanto frenesí. También la serpiente parecía inquieta, aunque no por sí misma sino por el alboroto que se había organizado.

—¿Te importaría tranquilizar a *Sarnoso*? —murmuró con un tono que me erizó la piel—. Atraerá la atención de todo el mundo; si no lo detienes de inmediato, lo haré yo.

Confiar en una serpiente iba contra todos mis instintos, pero la vida del murciélago pendía de un hilo. A pesar de mis prevenciones, agité los brazos en alto y grité tan fuerte como pude:

—¡*Sarnoso*, baja! ¡*Mandíbula* es amiga mía! —Confiaba en que fuera verdad.

El murciélago viró en redondo, aterrizó junto a Eadric y susurró:

—¿Se ha vuelto loca? ¿Cómo que la serpiente es amiga suya?

—*Mandíbula* dice que nos debe un favor, así que nos acompañará por el camino y ha prometido no comernos.

—¿Estás seguro de que es de fiar? Es una serpiente muy bien educada, pero nunca fue amiga de nadie. ¿Y si es un truco? Te aseguro que las serpientes son muy escurridizas.

—¿Y qué quieres que hagamos? —murmuró Eadric—. Es más grande que nosotros tres juntos. No creo que sirva de nada decirle que no nos acompañe.

—Cierto —dijo *Sarnoso*—, pero no hay que perderla de vista. Montaremos guardia por la noche; yo vigilaré primero.

121

—No hará falta que me despiertes cuando sea mi turno —comentó Eadric—. No podré pegar ojo ni un momento.

—¿De qué estáis hablando? —les pregunté, aunque había escuchado toda la conversación y temía que la serpiente también se hubiera enterado.

Me acerqué de un brinco a mis amigos, al mismo tiempo que *Mandíbula* levantaba la cabeza y los miraba entrecerrando los ojos.

—¡De nada! —chilló *Sarnoso*, al percatarse de que la serpiente lo observaba. Se agazapó hasta esconderse detrás de Eadric, de manera que no se le veían más que las puntas de las alas, y explicó para despistar—: Estaba mostrándole mi cordel a Eadric; es mi única pertenencia y no he querido dejarlo atrás.

—¿Te jugaste la vida por ese trozo de cordel? —me extrañé.

—No sólo por eso —replicó el murciélago asomándose tras la espalda de Eadric—, sino que también he cambiado el libro de lugar, para que Vannabe no sepa qué hemos hecho. Además, este cordel puede sernos útil porque con él podemos atar a la espalda de alguien el botellín de aliento de dragón. Mira —dijo entregándoselo a Eadric.

Eadric examinó el basto cordel, pasándoselo de una mano a otra, y por fin aceptó:

—Vale. Átame el botellín a la espalda. Por lo menos no se me cansarán los brazos.

—Si habéis concluido vuestra conversación, ¿os importaría poneros en marcha? —murmuró *Mandíbula*—. Estamos desperdiciando horas de luz.

Sarnoso volvió a esconderse detrás de Eadric al oírle la voz, pero me comentó:

—Conseguí ver el castillo y sé cómo llegar.

—¡Fantástico! —dije tratando de darle ánimos.

—¡Eh, *Mandíbula*! —dijo Eadric—. Me sentiría un poco más tranquilo si tú vas delante y nosotros detrás.

—Excelente idea —repuso la serpiente—. Iré en vanguardia para explorar el terreno.

El murciélago levantó el vuelo; la serpiente lo siguió con la vista y se adentró en la hojarasca.

Yo me entretuve atando el botellín sobre el lomo de Eadric, pero aunque las ranas saben hacer muchas cosas con los dedos, hacer nudos no es, precisamente, una de ellas.

—Habría asegurado que cuatro dedos bastaban para hacer un nudo —dije forcejeando con el cordel—. Pero estos dedos no son hábiles como los de los humanos. Ojalá estuviera aquí *Mo*, ya que los nudos eran la pasión de su vida.

—¿Quién es *Mo*? —preguntó Eadric—. ¿Otro amigo tuyo? Parece que se te pegan como la caspa a las túnicas negras.

Recordé que Eadric había pasado todo el día durmiendo, de modo que le dije:

—Dejémoslo correr. Un día de éstos te contaré todo lo que te has perdido mientras dormías. Ahora dime, ¿qué estáis tramando *Sarnoso* y tú?

—Ni él ni yo confiamos en *Mandíbula* y no pensamos quitarle los ojos de encima. De cualquier modo, no quiero tenerla reptando detrás de nosotros. ¿Y si se harta de tener dos suculentos bocados brincando bajo

123

sus narices? El hambre hace olvidar las promesas, ¿sabes?

—Estaba hambrienta cuando salimos de la cabaña, y si hubiera querido comernos, ya lo habría hecho, ¿no crees?

—Eres sumamente ingenua, querida princesa Esmeralda. O demasiado confiada, por así decirlo. Crees que todo el mundo quiere ser tu amigo, hasta que te enteras de lo contrario.

—¡Mira quién habla! ¡Tú te comiste el gusano de la bruja! En todo caso te equivocas, porque yo no confiaba en ti al principio.

—Vaya, confías en todos menos en mí.

—No es cierto. Ahora ya confío en ti.

—¡Estupendo! Pero no deberías fiarte de la serpiente y no necesitamos su ayuda, diga lo que diga.

—¿No crees que corremos peligro en este bosque?

—Creo que el peor peligro es que se ha autoinvitado a acompañarnos.

—No sé… Este lugar me pone nerviosa. —Miré la bóveda de hojas que nos cubría—. Ojalá hubiéramos salido ya al otro lado y se viera el sol.

De vez en cuando, *Sarnoso* remontaba el vuelo para ver por dónde íbamos y volvía a reorientarnos en la dirección correcta. *Mandíbula* iba delante explorando el terreno, como había dicho, y apenas la vimos durante el resto de la jornada. Si llegó a toparse con algún peligro, no vino a contárnoslo.

Por el camino vimos cosas de lo más extrañas, que sólo podían ser obra de la magia: los árboles no se movían como tales, sino que se inclinaban con elegancia hacia sus vecinos y daba la impresión de que, al mover las hojas, susurraban palabras. Incluso habría jurado que uno de ellos había extraído sus raíces del suelo para trasladarse a un claro donde daba el sol, pero cuando llegamos a ese claro, me pareció que las raíces estaban ahí bien fijas desde siempre.

Al cabo de varias horas, el suelo retumbó y percibimos los pasos de un animal grande y contundente. Cada vez sonaban más cerca, pero la criatura permanecía oculta en la espesura. De repente se oyó un estruendo tremendo, seguido de un gemido como el de un tronco al partirse por la mitad; los árboles se estremecieron conmovidos y las hojas llovieron sobre nuestras cabezas como lágrimas de color esmeralda. Di un brinco para esquivar una ramita que caía de lo alto, pero pisé en falso y aterricé en un hoyo que doblaba mi estatura.

—¿Emma? ¿Qué ocurre? ¿Te encuentras bien?

Sentí un escalofrío. Eadric estaba llamándome a gritos y cualquiera podía oírlo.

—Chissst —susurré—. ¡No grites! ¡Aquí estoy!

Se asomó al borde del agujero y me arrepentí de haberle reñido al ver su cara de consternación.

—Déjame ayudarte —dijo tendiéndome una mano.

—No hace falta —repliqué, y retrocedí unos pasos—. Creo que puedo sola. ¡Apártate!

Flexioné las patas para dar un brinco, pero la tierra tembló con tal ímpetu que el hoyo se desmoronó y me cubrió de terrones polvorientos. Eadric lanzó un gemido y saltó dentro del hoyo. En cuanto tocó el fondo, me empujó contra un lado del agujero y empezó a mirar alrededor, como si quisiera meterse debajo de la tierra.

Entonces oímos un pisotón ensordecedor y una oleada de aire caliente llenó el hoyo de olor a azufre.

—¡Bah, ranas! —rugió una voz con tanta decepción que estuve a punto de protestar.

Eadric se me acercó y me tapó la boca con la mano, hasta que la criatura alzó el vuelo batiendo dos enormes alas correosas, que levantaron un torbellino de hojas y polvo.

—¿Qué ha sido eso? —susurré cuando el aleteo se alejó y se hizo inaudible.

—¡Era un dragón! —jadeó Eadric—. ¡No sabía que había bichos de ésos por aquí! Si hubiera tenido mi espada a mano…

—¡Ni siquiera habrías podido levantarla! Eres un sapo, ¿no lo recuerdas?

—Vale, bueno. Pero en cuanto vuelva a ser humano…

—Ja, ja —me reí, pues no creía que Eadric quisiera enfrentarse al dragón, aunque fuera otra vez humano, con espada o sin ella—. ¡Vamos! Si quieres volver a ser humano, tenemos que salir de aquí.

Saltamos fuera del hoyo sin dificultad. Sin embargo, habíamos caído de cabeza y tardamos varios minutos en orientarnos. Los árboles parecían haber cambiado de lugar, pero finalmente encontramos nuestras huellas y establecimos en qué dirección habíamos llegado; también descubrimos que el agujero parecía la huella de un gigante.

—¡Dragones y gigantes! —exclamó Eadric sonriendo de oreja a oreja—. ¡Realmente volveré a este lugar con mi espada!

—Vale —dije—, como tú quieras.

Más adelante descubrimos otras huellas enormes: las garras de un hipogrifo. El dragón había pasado también por allí, porque había algunos árboles decapitados y otros con la corteza chamuscada. Así pues, empecé a recelar del bosque, a ver sombras donde se producían sonidos irreales y luces que titilaban donde no había nada que alumbrara. Sin embargo, no encontramos más tropiezos. Era una suerte que hubiéramos hecho aquel recorrido dentro del saco de la bruja, ignorando lo que ocurría alrededor.

Sentíamos una sed terrible cuando descubrimos una charca. El agua centelleaba invitándonos a beber, aunque estaba debajo de un amasijo de ramas vetustas que no recibía la luz del sol.

—¿A qué esperas? —preguntó Eadric al verme vacilar—. Parece bastante limpia.

—Tal vez, pero ¿quién sabe? Podría ser una charca encantada, o envenenada. No creo que…

De repente una hermosa ninfa surgió de la charca, con la cara y los rizos empapados. Miró a diestra y siniestra buscando algo, pero poco después los ojos de color aguamarina se le ensombrecieron e hizo un pucherito con la boca, perfectamente delineada, como si no lo hubiera encontrado. Suspiró, salió de la charca y se detuvo en la orilla; la larga cabellera verde le llegaba a las rodillas, pero no le ocultaba su cuerpo desnudo. A continuación se recostó en una roca grande y plana y se puso a peinarse, con la mirada perdida y ensoñada, sin prestarnos la menor atención.

Eadric también suspiró y yo lo taladré con la mirada, pero siguió contemplando a la ninfa, como un escudero que acaba de conocer a la doncella de su vida.

—¡Eadric! —le di un codazo—. ¿Qué te pasa? ¡Es una ninfa! Y esos seres sólo piensan en una cosa...

—Ya lo sé —dijo con los ojos echando chispas—. Y yo soy un príncipe apuesto...

—Eadric, eres un...

La advertencia llegó demasiado tarde porque ya se había encaramado de un brinco a la roca.

—Eres la esencia de la belleza —declaró empinándose con reverencia hacia la cara de la ninfa—, y para mí eres el sol, la luna y las estrellas juntos.

—Y tú eres un sapo —repuso ella reparando por fin en él—. Yo no hablo con sapos.

—No soy un sapo común.

128

—Pues eso pareces —dijo la ninfa, y una arruga diminuta le surcó la inmaculada frente.

—Ya lo sé, querida, ¡pero soy un príncipe encantado!

—¡Demuéstralo! —exigió la ninfa relampagueándole los ojos con interés—. ¡Muéstrame tu corona y las joyas engastadas en tu espada!

—No las tengo aquí, perdona...

—¡Vaya! —dijo ella, e hizo otro puchero—. Entonces márchate. Estoy esperando a alguien importante.

—¡Yo soy alguien importante! Soy...

—Eres un sapo. ¡Lárgate! Ésta es mi charca y no se admiten ni sapos ni ranas. Nada de ensuciar mis aguas cristalinas con vuestras pegajosas huevas de renacuajo.

—¡Pero si soy un príncipe! ¡No pongo huevas! No pienso...

La ninfa se atusó el cabello con un delicado gesto de la mano y se volvió de espaldas para enfatizar su desinterés. Eadric parecía tan decepcionado que casi me compadecí de él, pero sólo «casi».

—Es que de verdad soy un príncipe —dijo al volver junto a mí.

—No, no lo eres, ahora eres un sapo, ¡y tienes suerte de serlo! Esa ninfa está buscando a un príncipe para ahogarlo, así que alégrate de no ser tú. De otro modo ya estarías muerto. La poción de Vannabe debe de haberte ablandado el cerebro. ¡Vámonos antes de que sigas haciendo el tonto!

Eadric se puso de pésimo humor, no sé si por el rechazo de la ninfa o porque yo lo había llamado tonto. En el fondo, era mejor que no me dirigiera la palabra, porque yo misma estaba tan enfurruñada que no le habría dicho nada amable, aunque me hubiera ofrecido todos los mosquitos del bosque.

Todavía rezongaba en silencio cuando el amistoso semblante de *Sarnoso* apareció por entre los árboles; venía a decirnos que ya estábamos cerca, pero como pronto oscurecería, no veríamos por donde íbamos. Aunque a él la oscuridad no parecía molestarle.

—Será mejor que hagamos un alto. —Alargué la mano y moví los dedos delante de mis ojos—. Casi no me veo los dedos.

—Como quieras —respondió *Sarnoso*—. ¡Pero la noche es joven! Eso sí, tendréis que encontrar algún lugar donde esconderos si queréis dormir. Quién sabe qué criaturas saldrán a merodear de noche en este bosque.

129

—¡Yo sí lo sé! —gritó Eadric señalando un destello repentino—. ¡Luciérnagas! Señoras y señores, es hora de cenar.

Una luciérnaga zigzagueó en la penumbra bajo los árboles, alumbrándose con su minúsculo farol. Sin embargo, no me sentí muy tentada de ir tras ella, aunque mi estómago vacío se retorcía de hambre. Era cosa sabida que, por la noche, algunas hadas salían a revolotear sin más ropa que una lucecita intermitente, pero no se tomaban nada bien las ofensas y no quería imaginar cómo reaccionarían si alguien trataba de hincarles el diente. No obstante, Eadric no tenía escrúpulos y se lanzó enseguida a la caza de su cena. Me eché a reír cuando la luciérnaga continuó iluminándole el gaznate por dentro; mi carcajada retumbó en la oscuridad de la noche y me pareció siniestra. De modo que dejé de reír al instante; no me hacía ninguna gracia pensar en los depredadores que podían escucharme.

Como acabé por aceptar que las luciérnagas no eran hadas malvadas, lancé un lengüetazo y volví a enrollar la lengua con la boca hecha agua. No estaban nada mal...

Sarnoso vino a sentarse a mi lado, mientras Eadric y yo aguardábamos a que aparecieran más luciérnagas.

—¿Qué tal saben? —preguntó.

—¡Son deliciosas! ¡Y pensar que hace una semana no me habría comido un bichito de éstos por nada del mundo!

—Hace una semana yo ni siquiera sabía qué eran las luciérnagas —dijo *Sarnoso*—. Nunca las he probado.

—¿Nunca, dices? ¡Pues tienes que hacerlo!

De repente, oímos un susurro entre las hojas de un árbol. El murciélago echó un vistazo nervioso, plegó las alas para parecer más pequeño y se arrimó hasta que quedamos hombro con ala.

A mí también me ponían muy nerviosa los ruidos de la noche, pero estaba resuelta a ocultarlo para que no le entrara todavía más miedo.

—Por cierto —dije para distraerlo—, ya que estamos, quiero hacerte una pregunta: ¿por qué el conjuro para abrir las jaulas dio resultado aunque no alcé la voz ni hice gestos exagerados?

—No es necesario hacer esas cosas para que los conjuros surtan efecto. Pero a mí me parece que salen mejor.

—¿Y lo de mover los brazos y demás? ¿Todo era una farsa?

—Pues sí.

—Yo creía que servía para que el conjuro fuera más potente.

—Pues no.

—¿Y qué me dices del conjuro que eliminaba el sarpullido? Yo fui la única a la que se le pasó la picazón, pero cuando formulé el otro hechizo, se abrieron todas las cosas que estaban cerradas en la cabaña.

—Bueno... ambos conjuros afectan a todo lo que hay alrededor del que lo lanza, pero tú eras la única que tenía sarpullido. Mira, si quieres que un hechizo actúe sobre alguien en particular, tienes que señalarlo con algún objeto, que puede ser cualquier cosa.

—Una varita mágica, ¿por ejemplo?

—Sí, aunque no tiene por qué ser una varita. De

131

hecho, basta con señalar con un dedo, si eres una bruja con suficiente práctica.

Mientras hablábamos, Eadric seguía cazando luciérnagas. Ni la conversación ni el siniestro bosque distraían su atención de la búsqueda de alimento. Era increíble que pudiera comer tanto.

—¡Míralo! —le dije a *Sarnoso*—. Si seguimos aquí charlando, no nos dejará ninguna.

El murciélago se esforzó en sonreír y alzó el vuelo en busca de su primera luciérnaga. Se lanzó entre los árboles y atrapó al insecto en el aire, como si se hubiera convertido en un imán. Al cabo de una jornada de vuelo, había desempolvado sus habilidades y parecía mucho más seguro.

Comimos hasta que no pudimos más. Luego Eadric y yo nos hicimos dos camitas entre las hojas descompuestas y *Sarnoso* se colgó entre las ramas de un viejo arce. Eadric se durmió enseguida, pero yo seguí despierta un buen rato; mis pensamientos saltaban de una cosa a otra y todas me parecían inquietantes. ¿Qué sería de nosotros? ¿Se hallaría a gusto *Sarnoso* con Grassina? ¿Qué explicación iba a darle a mamá? ¿Cambiarían de lugar los árboles antes de que llegara el día siguiente? Tenía sueño, pero no lograba dormirme, de modo que hice un esfuerzo por relajarme escuchando los sonidos nocturnos del bosque: Eadric roncaba bajo su manta de hojas, *Sarnoso* saltaba de rama en rama, un búho ululaba a lo lejos, unos ratones se escabullían entre las hojas en busca de comida, las ramas crujían en lo alto y las hojas susurraban. Al cabo de un rato los sonidos fueron apagándose...

Ahora me hallaba en el desierto y oscuro Gran Salón del castillo de mis padres, donde ni siquiera los guardias vigilaban; las antorchas ardían en los soportes de los muros y las sombras danzaban con el parpadeo de la luz. Desde un rincón provino un ronquido ahogado y las sombras siguieron bailoteando al soplo de una brisa irreal. Atravesé el salón y caminé por el pasillo que conducía a la habitación de mi tía, donde siempre me había sentido segura.

Crucé el umbral y entré en el cuarto, conocido y acogedor. El fuego ardía como siempre en la chimenea y las esferas mágicas resplandecían con su tibia luz. Sin embargo, algo andaba mal.

Me acerqué a la chimenea y extendí los brazos para calentarme las manos, pero, de repente, todo cambió: ya no me hallaba en la misma habitación; ya no era la habitación de Grassina, apacible y segura, sino la cabaña de Vannabe. Yo estaba de pie junto a la chimenea, aunque unos objetos brillantes me atraían desde la mesa; me acerqué con pasos vacilantes y observé que los objetos eran cuchillos de reluciente metal. Me di la vuelta a toda velocidad al oír el roce de una tela a mis espaldas.

Vannabe, que llevaba en la mano un cuchillo de hoja muy ancha, se detuvo en el umbral y sus largas faldas se bambolearon de un lado a otro.

—No te entretendré más que un instante —dijo—. Sólo preciso tu lengua y tus dedos. No le negarías un favor a una amiga, ¿verdad? Piensa en mí como si fuera una amiga, y dámelos. Es un favorcito de nada. La lengua y los dedos, nada más. —La voz fue convirtiéndose

133

en un susurro, a medida que la bruja se acercaba—. Quédate quieta, casi no te dolerá.

Desperté sobresaltada, el corazón me daba tumbos y tenía las manos sudorosas. No sabía dónde estaba. Las hojas con que me había tapado me oprimían en la oscuridad. Aterrada, las aparté y me puse de pie. Eché una mirada alrededor tratando de orientarme y sentí un cosquilleo en la nuca como cuando los globos oculares me observaban en la cabaña. ¡Vannabe me había encontrado! Alcé los ojos, pero no era la bruja, ¡sino un búho! ¡Volaba en picado hacia mí, con el pico abierto para tragarme! Me arrojé al suelo paralizada, demasiado asustada para gritar y segura de que iba a morir. De repente una serpiente grande y sinuosa se interpuso entre los dos; saltó por los aires con un silbido y estuvo a punto de atrapar al pájaro que, atónito, remontó el vuelo. El búho revoloteó frenético y se alejó a toda prisa, después de salvar la vida por las plumas.

—¿Te encuentras bien? —siseó *Mandíbula* sin apartar la vista del pájaro fugitivo.

—Sí, sí... —susurré.

Tenía la garganta tan seca que no podía decir más.

—Vuelve a la cama —murmuró *Mandíbula*—. Yo montaré guardia. Esta noche no hay nada que temer.

Fue sorprendente pero la creí; si la serpiente quería devorarme, no tenía por qué esperar más. De manera que me sentí segura por primera vez en muchos días. Ya acurrucada bajo las hojas, pensé en despertar a Eadric para contarle que había estado a punto de convertirme en la cena de un búho. Pero cuanto más pensaba en ello, menos razonable me parecía despertarlo, así que lo dejé dormir.

«Se lo contaré por la mañana —pensé—. No hace falta que se lo explique ahora.»

Todavía estaba dormido cuando desperté a la mañana siguiente. Recordé que quería contarle lo del búho, pero, ya a la luz del día, no estaba segura de que hubiera ocurrido. Desayuné una docena de mosquitos salados y luego fui en busca de un jugoso escarabajo. Cuando regresé, Eadric y *Sarnoso* estaban enzarzados en una acalorada discusión.

—¿Por qué no me despertaste? —le reclamaba Eadric—. Te dije que yo haría la segunda guardia.

—¡Dijiste que no pensabas pegar ojo y has estado roncando toda la noche —se defendía *Sarnoso*.

—¡Qué exageración! ¡Pero si los sapos no roncan! Tal vez tu oído no es tan fino como tenía entendido.

—No sé si los sapos roncan o no, pero tú sí. Encontré un agujero en un árbol y me escondí dentro, ¡pero aun desde allí te oía! Por fortuna anoche no pasó nada, porque seguro que otros animales también te oyeron. Fue una suerte que ningún depredador viniera a ver quién estaba armando tanto escándalo.

—Buenos días, *Sarnoso*, buenos días, Eadric —saludé—. ¿Todo en orden?

—En efecto, todo bajo control. —El murciélago soltó un enorme bostezo—. Si estás lista, podemos marcharnos.

—Avisaré a *Mandíbula* —dije—. Debe de estar por aquí.

—No te preocupes —repuso *Sarnoso*—. Ya le he avisado. Sólo tenéis que seguir ese sendero hasta lo alto de la colina y bajar por el otro lado. Cuando lleguéis al camino, veréis el castillo. Yo buscaré otro agujerito en la linde del bosque para echar una cabezada y os esperaré allí. Vuestras voces me despertarán; tengo un oído excelente, ¿lo recordáis? —dijo lanzándole una mirada a Eadric, antes de batir las alas—. Por cierto, Eadric, la próxima vez te despertaré, te guste o no te guste.

Echó a volar, mientras yo colocaba el botellín sobre el lomo de Eadric. Deshice el nudo y tiré del cordel, que se había enredado.

—¿Por qué estabais discutiendo? *Sarnoso* parecía bastante enfadado.

—¿Qué quieres que te diga? Ese murciélago tiene una actitud que no me gusta. Además, me siento fatal; tuve una pesadilla espantosa.

—¿Ah, sí? Pues, ¿qué soñaste?

—Que un búho había estado a punto de devorarte, aunque afortunadamente fue sólo un sueño, Emma. Nunca podría perdonarme que te ocurriera algo.

Parecía tan sincero que me dio un poco de lástima. Sin embargo, su descuido había puesto una vida en peligro, y nada menos que la mía. Tiré con más fuerza del cordel y traté de hacer el nudo mejor.

—No fue una pesadilla, Eadric; un búho estuvo a punto de atraparme. Y es verdad lo que ha dicho *Sarnoso*: ¡has roncado toda la noche! Y si no hubiera sido por *Mandíbula*, ¡ahora estaría en el estómago de esa ave!

Doce

Brincamos a toda prisa y, en efecto, desde la cima de la colina vislumbramos el castillo; Eadric y yo estábamos deseosos de llegar. Los campos de labor se extendían a ambos lados del camino, prácticamente hasta el portón de entrada, y detrás de la edificación se hallaba el pantano.

Bajábamos ya por la cuesta cuando oímos zumbar un enjambre de moscas bajo las ramas de unas encinas. Los dos habíamos desayunado, pero Eadric resolvió investigar y yo lo seguí confiando en persuadirlo de seguir adelante. En medio del enjambre, había unos huesos grisáceos con algunos jirones de pelo, que debían de haber pertenecido a algún desafortunado animal del bosque. Las moscas, cuyos cuerpos brillaban a la luz del sol con destellos negros y azules, se aglomeraban sobre los restos.

—No te detengas, te lo ruego —le dije a Eadric—. ¡Ya casi hemos llegado al camino!

Él se relamió. Evidentemente, estaba más interesado en las moscas que en escuchar mis opiniones.

—Un momento, nada más. ¿No quieres comerte alguna? ¡Hay de sobra para los dos!

—No, gracias. No tengo hambre.

La idea de comerme una mosca, después de haberse posado sobre un cadáver, me revolvía el estómago.

No quise quedarme a mirar y seguí andando, convencida de que Eadric no tardaría en alcanzarme. Estaba trepando a una rama rota cuando algo me arrancó del suelo, me tumbó de espaldas y me dejó sin respiración. No tenía aliento ni para gruñir, de modo que no valía la pena gritar; pataleé y me retorcí tratando de soltarme. De repente volví a girar sobre mí misma y me encontré cara a cara con *Mandíbula*.

«¡Eadric tenía razón! —pensé—. ¿Cómo he sido capaz de confiar en una serpiente?»

El reptil me estrujó con sus anillos escamosos y yo creí que había llegado mi hora, pero, de pronto, dejó de mirarme y se dedicó a observar fijamente algo detrás de mí que emitía un siseo y, a su paso, hacía crujir la hojarasca. Los anillos se estrecharon y creí que mi cuerpo iba a reventar. En ese preciso instante la serpiente me arrojó como si fuera un despojo; volé por los aires, me estrellé contra un árbol, resbalé por el tronco y caí al suelo con las patas apuntando al cielo. Todavía aturdida, giré la cabeza hacia el camino por donde había llegado hasta allí y, sorprendida, vi a dos *Mandíbulas*, o por lo menos a dos serpientes que se le parecían, enroscadas en una batalla silenciosa. Traté de retroceder con la esperanza de que ninguna de las dos me viera. Mientras tanto, ellas culebrearon hasta quedar cara a cara.

—Pero ¡mira a quién tenemos aquí! —exclamó una voz femenina—. *Mandíbula*, ¿eres tú, querido?

Por primera vez, noté que la serpiente que había

138

hablado era más pequeña que la otra, de cuerpo más esbelto y rayas ligeramente distintas.

—No me digas que eres *Clarisse* —dijo la serpiente más grande. Era la voz de *Mandíbula*.

—¿Dónde has estado, guapo? —inquirió la más pequeña—. Hace mucho tiempo que no te había visto.

—Una bruja me atrapó y me hizo prisionero. Acabamos de escapar.

—¿Y quiénes son los demás?

—Pues, precisamente, has atacado a uno de mis acompañantes. —Mirándome, *Mandíbula* me dijo—: Emma, te presento a *Clarisse*.

—Encantada de conocerte, Emma —respuso la otra serpiente sacándome la lengua con amabilidad—. ¿Puedo irme ahora, *Mandíbula*? Tengo cosas que hacer.

—Mientras no incluyan comerse a uno de mis amigos.

—Tus amigos son mis amigos, y ya sabes que nunca me comería a un amigo mío.

—Disculpa, *Clarisse*. No quise decir eso.

Las serpientes aflojaron los músculos y se apartaron la una de la otra. Pero *Clarisse* no se fue todavía.

—¿Piensas quedarte por aquí, *Mandíbula*, o estás sólo de paso? Los niños han crecido mucho y estoy segura de que les encantaría conocer a su papá.

—Tengo un compromiso que cumplir, pero regresaré dentro de unos días.

—¡Estupendo! Pronto será la época del año en que nos conocimos... Búscame en cuanto vuelvas, ¿de acuerdo?

—Eso haré, *Clarisse*. No te quepa duda.

139

—Estaré esperándote. Cuídate.

Clarisse restregó la cabeza contra *Mandíbula* y el gesto fue tan tierno que sentí vergüenza de estar allí mirando. Después se volvió hacia mí y me saludó sacando la lengua otra vez.

—Ha sido un placer, Emma. ¡Buena suerte, sea lo que fuera que os traigáis entre manos!

Mandíbula la siguió con la vista hasta que la cola le desapareció entre la hojarasca.

—¿Ésa es tu esposa? —pregunté acariciándome las doloridas costillas.

Mandíbula parpadeó y se dio la vuelta despacio, como si estuviera saliendo de un trance.

—Las serpientes no nos casamos como los humanos.

—Tu novia, entonces, o tu compañera.

—Podríamos llamarla así.

—Es muy guapa para ser una serpiente.

—Cierto; la consideran una gran belleza.

—¡Hala, vosotros! —Eadric asomó detrás de un árbol—. Pensé que ya iríais por el camino. Esas moscas estaban deliciosas, Emma, tendrías que haberte quedado.

—Teniendo en cuenta la alternativa —repliqué—, creo que sí.

Era ya media mañana cuando abandonamos la penumbra del bosque. *Sarnoso* nos aguardaba donde había dicho, colgado como una fruta podrida de la rama de un peral, y desde allí, divisé las inconfundibles torres del castillo que se alzaban imponentes en medio de la campiña. Parecían hallarse tan cerca que me propuse llegar antes del atardecer, aunque aún tendríamos que brincar un largo trecho.

—Supongo que tú nos dejarás aquí, ¿no? —le preguntó Eadric a *Mandíbula*.

—Todavía no; quiero acompañaros hasta el castillo. Una vez que estéis dentro sanos y salvos, regresaré a reclamar mi hogar y mi territorio.

—*Mandíbula*, ¿tú has estado alguna vez en el castillo? —le pregunté, deseosa de escuchar alabanzas, puesto que me enorgullecía de mi hogar.

—No, pero conozco a otras criaturas que han estado allí y, según cuentan, es un lugar peligroso. Tendréis que andaros con cuidado.

—¿Peligroso, dices? —me extrañé, indignada—. ¡Nada de eso! Yo he vivido allí toda mi vida y nunca me he sentido en peligro.

—No, claro, porque entonces eras humana, además de ser la princesa.

—Entonces, ¿tú sí me creíste cuando dije, en la cabaña, que era una princesa encantada y Eadric un príncipe? Como todos soltasteis una carcajada, supuse que dudabais de mí.

—No puedo responder por los demás, pero yo te creí cuando leíste el conjuro. No conozco a ninguna rana que sepa leer.

—Yo le creí en cuanto lo dijo —comentó *Sarnoso*—, porque a ningún animal se le habría ocurrido algo así. ¡Eh, amigos, mirad allí! —El murciélago señaló al frente con un ala mientras se protegía los ojos del sol con la otra—. Después de esas granjas hay un recodo en el camino que, prácticamente, va a parar a la puerta del castillo. Ya casi estás en casa, Emma.

—¡Gracias al cielo! ¡En cuanto encontremos a mi tía seremos humanos otra vez! —Di un brinco hasta el camino, ansiosa por llegar—. Seguidme. Sé cómo se va desde aquí.

Estaba tan nerviosa que no podía brincar normalmente, sino que daba saltos y empellones y rebotaba cuesta abajo como un juguete. Eadric me imitó, contagiado por el entusiasmo, y *Mandíbula* se lanzó a ras de tierra con inusitada rapidez; incluso *Sarnoso* estaba emocionado, de manera que echó a volar en círculos sobre nosotros, hasta que se le cansaron las alas. Jadeando a causa del inusitado ejercicio, recaló en un manzano y esperó a que le diéramos alcance.

142

Eadric no tardó en descubrir los hormigueros y se entretuvo un buen rato degustando una muestra de cada uno, hasta dar con el de las hormigas rojas.

—¡Cómo muerden! —exclamó haciendo una mueca de dolor.

La tierra del camino estaba tibia y seca y, cuando saltábamos, el polvo se nos arremolinaba alrededor, se nos pegaba a la piel y tosíamos. Cada vez hacía más calor, y tanto Eadric como yo notábamos sus efectos. Poco después dejamos de brincar y seguimos andando mustios y desalentados.

—Tengo que sentarme —dije finalmente—. Estoy agotada.

—No podemos pasar tanto tiempo fuera del agua —jadeó Eadric—. Tenemos que encontrar un lago, o un arroyo, o como mínimo un charco.

—Le pediré a *Sarnoso* que eche un vistazo —se ofreció *Mandíbula*, que no se apartaba demasiado de nosotros.

El murciélago acudió a la llamada de la serpiente, aunque cuando le dirigía la palabra se ponía muy nervioso. Una vez que hubo aterrizado a una distancia prudente, escuchó la petición, nos miró a Eadric y a mí para corroborarla y, una vez convencido, asintió y echó a volar. Lo observé mientras revoloteaba en lo alto y, un poquito más tarde, descendió de nuevo.

—Hay un estanque al pie de la colina —anunció tras aterrizar junto a mí. Pero frunció el entrecejo al ver a Eadric despatarrado en medio del camino—. ¿Qué le ocurre?

—Se ha desmayado —expliqué—. Y yo tampoco me encuentro demasiado bien.

143

—Tendrás que ayudarnos, *Sarnoso* —sentenció *Mandíbula*—. Yo no puedo cargarlo, así que te toca a ti.

—¿A mí? Nunca he cargado nada tan pesado.

—Levantaste los libros en la cabaña de Vannabe cuando me los acercaste —le recordé.

—Más bien digamos que los dejé caer… Vale, está bien. Lo intentaré. Pero no creo que pueda cargarlo mucho rato. Ya es un niño crecidito, ¿sabéis?

—¿Tú puedes caminar, Emma? —preguntó la serpiente. —Traté de levantarme, pero me flaquearon las patas—. Ven, súbete a mi lomo. Puedo llevarte hasta allí, si no te caes.

—¡Jo! —gruñó *Sarnoso* bregando con Eadric—. ¡A este sapo le hace falta una dieta! ¡Me va a provocar una hernia!

Al final de la cuesta siguiente, el camino bordeaba una hondonada en cuyo fondo se hallaba el estanque, y todos nos alegramos un montón al divisarlo. El murciélago acarreó a Eadric, mitad cargándolo y mitad arrastrándolo, pero al llegar a la cima, el lánguido cuerpo se le escapó de las garras y resbaló hacia la hondonada.

—¡Cuidado, ahí abajo! —gritó *Sarnoso*.

Remontó el vuelo y fue tras él, pero Eadric rebotó en un bache y siguió dando tumbos con el botellín de aliento de dragón a cuestas. Finalmente, cayó de cabeza en el agua, y el murciélago se refugió a la sombra de un árbol, cumplida la misión.

El estanque era ideal: cercano, refrescante y... ¡lleno de agua! Me aferré al lomo de *Mandíbula* pendiente abajo, aunque me sentía débil y mareada y me costaba concentrarme. Al llegar a la orilla, la serpiente se deslizó en el agua para que yo me metiera en ella; se quedó observándome y, cuando se cercioró de que me encontraba bien y me desplazaba con normalidad, regresó a tierra y trepó hasta una piedra plana desde donde dominaba el lugar.

Me tendí en el fondo del estanque hasta recuperar mis facultades y, una vez que estuve en forma, nadé hacia Eadric que yacía aún despatarrado en el mismo sitio donde había caído. Sin embargo, me inquieté mucho al verlo porque estaba muy pálido y la piel le ardía. Al tocarle la frente con la mano, murmuró algo, pero no abrió los ojos. Le cogí de la mano y aguardé hasta que parpadeó y me miró; entonces me sumergí hasta el fondo del estanque y, al cabo de un momento, me si-

144

guió y poco a poco los débiles impulsos que se daba con las patas se convirtieron en potentes patadones, a medida que recobraba las fuerzas.

¡Qué gloria estar en el agua! Chapoteamos, dimos botes, flotamos y giramos mientras el líquido elemento refrescaba nuestros desfallecidos cuerpos y, al mismo tiempo, me acordé de mi primer chapuzón de hacía unos días y pensé en todo lo que había aprendido desde entonces.

Aún disfrutaba del baño y de la brisa cuando una mano me agarró un pie y me sumergió en el agua, pero de una patada impetuosa me libré de Eadric y floté en la superficie como un corcho. Estallé en carcajadas y todavía me reía cuando él emergió a escasos centímetros de mi cara.

—¿Sabes? —dijo, sonriente—. Ahora nadas mucho mejor que antes, dentro de poco serás casi tan buena como yo.

—No me digas, ¿así que no lo hago tan mal siendo una rana?

—Brincas bastante bien, pero todavía no cazas insectos como debe ser.

—¿Ah, no? Pues me parece que nunca llegaré a comer tantos como tú.

Eadric sonrió satisfecho. Le di una palmadita en el hombro, di un bote en el agua y me alejé nadando antes de que me viera sonreír a mí también.

Trece

Regresamos al camino en dirección al castillo; *Sarnoso* iba en cabeza y *Mandíbula* en la reta- guardia. De nuevo en el sendero, el murciélago murmuró una disculpa y se escondió en el árbol más próximo. Al llegar nosotros, la serpiente señaló la si- lueta de *Sarnoso* entre las sombras de las hojas.

—*Sarnoso* —lo llamó alzando la voz—, ya estamos aquí.

—Continuad vosotros; ya os alcanzaré. —La voz denotaba agotamiento—. Necesito dormir un ra- tito más.

—Está bien; te esperaremos en el castillo —grité—. Búscanos en el puente levadizo.

Pero no respondió; se había dormido en un suspiro.

—¡Ojalá me haya oído! —le dije a *Mandíbula* cuando reanudamos la marcha.

—Seguro que sí, porque es un murciélago. Pero esos animales suelen dormir de día, y por hoy ya le hemos pedido bastante esfuerzo. Además, también se muestra más tímido, puesto que está en un ambiente extraño; me temo que, de ahora en adelante, irá de sobresalto en sobresalto. En cambio, en la cabaña compensaba sus inseguridades actuando con prepotencia.

Hacia el atardecer, una carreta procedente del castillo apareció por el camino. *Mandíbula* se escondió entre los pastos y Eadric y yo aguardamos pacientemente a que pasara de largo. Me hacía sombra con la mano para protegerme de la polvareda cuando un niño, que caminaba junto a la carreta, dio con nosotros.

—¡Mira, papá! —gritó—. ¡Unas ranas! ¡Las cazaré!

—¿Por qué no las dejas donde están? —sugirió el granjero—. Si las traes a casa morirán igual que las otras.

—Pero yo quiero jugar con ellas —insistió el niño.

Después de escucharlo, no teníamos intención de dejarnos atrapar. De manera que aparté a Eadric del borde del camino y lo empujé hacia las matas donde se había escondido *Mandíbula*. El niño nos vio y se acercó corriendo con un palo en la mano.

—Ya sé dónde estáis —dijo poniéndose en cuclillas—. ¡Vamos, salid!

Hundió el palo por entre las matas y estuvo a punto de darnos un golpe.

Tratando de asustarlo, Eadric tensó patas y brazos e hizo su mueca más fiera para parecer grande y amenazador, pero como tenía las patas más largas que los brazos, su trasero se empinó y tuvo que echar la cabeza hacia atrás para mirar de frente al niño; sobre su lomo, el botellín de aliento de dragón parecía una extraña joroba multicolor. Si no hubiera estado tan aterrada, me habría echado a reír, porque mi amigo se había plantado delante de *Mandíbula* sin percatarse de que, desde allí atrás, la serpiente observaba al niño con los ojos entrecerrados. En cuanto el chaval la oyó silbar, retrocedió trastabillando hacia la carreta.

—¿Has visto eso? —exclamó Eadric, orgulloso—. ¡Qué susto le he dado! ¡La próxima vez que se encuentre con un sapo se lo pensará mejor!

—No me cabe duda —repliqué—. No se atreverá ni a bajar de la carreta. Sobre todo si el sapo viaja acompañado de una serpiente.

Volvimos al camino en cuanto el niño y la carreta se hubieron alejado. La luz sonrosada del ocaso recortaba la silueta del castillo, que parecía cada vez más acogedor. Sin embargo, al cabo de un corto trecho, sentí que el camino vibraba porque se aproximaban otros vehículos: dos carretas, seguidas del carretón del chatarrero, y un carruaje repleto de plebeyos que habían ido a pedir audiencia y se habían quedado hasta tarde en la corte. Como no era seguro seguir por el camino con tanto tráfico, nos adentramos en los sembrados.

Pero andar por el campo resultaba más lento que ir por el camino, por lo que había caído ya la noche cuando llegamos al castillo. Asimismo, el puente levadizo estaba alzado y ya no volverían a bajarlo hasta la mañana siguiente.

Sarnoso aterrizó a nuestro lado mientras estábamos sentados en el polvoriento sendero.

—¡Por fin! —exclamó—. ¡Os he buscado por todas partes! Este lugar no me gusta con tanta gente yendo y viniendo y no hay dónde esconderse. Además, creo que he visto a un halcón, aunque no estoy completamente seguro. ¿Adónde tenemos que ir ahora, Emma? Porque supongo que tendrás algún buen escondite para mí en tu castillo, ¿verdad?

—Estoy segura de que encontrarás bastantes escondites —dije para tranquilizarlo— pero ¿podrías ir a buscar primero a mi tía? Mira, vive en aquella torre alta de la izquierda; me dijo que saldría de viaje unos días, pero ya tendría que estar de vuelta.

—¿Y tú qué harás? ¿Es que no piensas subir enseguida?

—Primero tenemos que entrar —le expliqué—. Y ya han subido el puente levadizo.

—¿Y qué? —se extrañó *Sarnoso*—. Sois un sapo y una rana, de modo que podéis cruzar el foso nadando. Mientras tanto, yo subiré a la torre a echar un vistazo. Por cierto, ¿estás segura de que tu tía no se molestará?

—Para nada. Anda, sube. Te alcanzaremos en cuanto podamos.

Sarnoso remontó el vuelo por encima del foso y yo lo seguí con la vista hasta que fue una mancha oscura y se perdió en la penumbra. Entonces le dije a la serpiente:

—¿Y tú, *Mandíbula*, nos acompañarás?

—No, debo volver a casa. Tengo que ponerme manos a la obra y recuperar mi territorio.

—De cualquier manera, gracias por todo —dije, y le di un abrazo—. Tenías razón: no habríamos llegado hasta aquí sin ti.

—Lo sé, lo sé, pero no tiene importancia. —Retrocedió como si lo cohibiera el abrazo y me miró vacilando—. Emma, dadas tus muestras de emotividad, creo que debo decirte algo que habría preferido no mencionar.

—Puedes decirme lo que te apetezca. Te lo has ganado.

—Tengo entendido que los humanos, mmm… desarrollan cierto afecto cuando alguien les salva la vida. Si tú sientes esa clase de afecto hacia mí, has de saber que mi corazón pertenece a otra.

¿Enamorada yo de *Mandíbula*? Recordé un truco que usaba cuando me entraban ganas de reír y no quería que mi madre se enfadara a causa de mis risotadas. Sólo tenía que pensar en algo triste; por ejemplo, la muerte de mi primer perrito, y la risa se esfumaba. Así pues, lo intenté y funcionó. Luego puse mi mejor cara de consternación.

—¿Se trata de *Clarisse*? —pregunté, tan afligida como pude.

—En efecto. —Asintió con solemnidad—. No estarás demasiado decepcionada, ¿verdad?

—No es fácil, pero ya saldré adelante.

—Que tengas mucha suerte con tus asuntos. Lo mismo te digo, Eadric.

—Gracias, *Mandíbula*. Viajar contigo ha sido… toda una experiencia.

Contemplé cómo regresaba al camino y, mientras se alejaba, experimenté sentimientos encontrados en mi corazón: las serpientes siempre me habían dado terror y, además, ahora yo era una rana, de modo que se suponía que *Mandíbula* debía ser uno de mis peores enemigos. Sin embargo, se había convertido en un amigo, en alguien en quien podía confiar cuando estuviera en peligro.

—¿Por qué no parabas de darle las gracias? —preguntó Eadric—. ¡No ha hecho nada por nosotros! ¿Y quién es esa tal *Clarisse*?

—¡Luego me acusas a mí de ser poco observadora! Dejémoslo correr, Eadric; ya te lo contaré otro día. Pero acepta que *Mandíbula* ha sido un compañero de viaje mucho mejor de lo que imaginábamos.

—Supongo que sí —dijo Eadric—. Por lo menos no nos ha comido.

Catorce

Seguí a Eadric hasta el borde del foso, miré el agua y recordé todas las veces que había pasado por allí sin prestarle atención. Hasta entonces había sido para mí sólo un decorado, una parte integrante de la fortificación, pero nunca había reparado en él ni me había parecido demasiado importante. Y, desde luego, jamás me había planteado cruzarlo a nado.

Un soplo de brisa trajo un olor a basura podrida.

—¡Uuuf! —dije frunciendo la nariz—. ¿Qué huele tan mal? ¿Será el agua?

Eadric olfateó el aire agachando la cabeza y repuso:

—Eso parece.

Retrocedí con el estómago revuelto. Tendría que haber estado acostumbrada a aquel olor, puesto que me había criado en los alrededores del foso. Tal vez ahora, siendo rana, tenía el olfato más fino, o tal vez el propio foso olía peor que cuando me marché. Por el motivo que fuera, el pestazo me resultaba insoportable.

—¡No pienso nadar en esta agua! —exclamé—. ¡Apesta!

—No hay otra alternativa, ¿o sí?

—Podemos esperar hasta que bajen el puente mañana.

—Pero entonces habrá un montón de carretas y pea-
tones. —Eadric movió la cabeza, dudoso—. Será mejor
cruzar ahora, así que mantén la boca cerrada y nada tan
rápido como puedas.

Miré el reflejo de la luna en el agua y me di cuenta
de que la otra orilla parecía muy lejana y muy por encima del nivel del agua.

—No creo que lo consiga.

—¡Sí que lo lograrás! —insistió Eadric—. ¡Confía
en ti misma!

—¡Estoy segura de que no podré!

—Vale. Si crees que no podrás, pues no podrás. Pero
trata de pensar que serás capaz de atravesar el foso, en
vez de decirte que no. Imagínate a ti misma nadando y
saliendo al otro lado. Estoy convencido de que lo conseguirás si te lo propones.

Cerré los ojos e intenté imaginar que el agua estaba
fresca y limpia: me visualicé nadando a toda prisa y trepando por las piedras, como si lo hubiera hecho mil veces. Sin embargo, el pestazo seguía ahí y la visión era
difícil de mantener. Por lo tanto, era mucho más sencillo imaginar a Eadric nadando a mi lado, tapándose la
nariz con una mano y braceando con la otra, mientras
me decía:

—Piensa que eres una burbuja que flota en el agua...

La voz se desvaneció cuando él se sumergió en la
hedionda niebla verde del agua, y yo solté una risita.

—¡Eso sí que me lo puedo imaginar! —dije, toman-
do aliento, y me sumergí también.

154

Traté de no respirar, pero era imposible. El agua fría y aceitosa me daba náuseas y casi se me metía en la boca cuando respiraba. Estiré el cuello todo lo que pude para no mojarme la cara, pero tropecé con una especie de tronco blando y pegajoso y me recorrió un escalofrío.

«Gracias al cielo que está oscuro y no puedo ver qué es», pensé.

—¡Date prisa, Emma! —murmuró Eadric—. Creo que no estamos solos.

—Pues claro, hay una pila de basura flotando a nuestro alrededor. ¡Qué asco!

—Quiero decir que hay algo vivo; acaba de pasar nadando debajo de mí.

Una olita me empujó en dirección a la otra orilla.

—¿Has notado eso, Eadric? —susurré, temerosa de hablar en voz alta—. ¿Qué habrá provocado esa ola?

—¡Pues no habrá sido una rana, precisamente, sino algo más grande! —susurró Eadric—. Ahí viene otra vez. Ya estamos llegando, ¡apresúrate, Emma!

El castillo se alzaba amenazador sobre la orilla, que distaba unos pocos metros de donde nos hallábamos. Siempre me había gustado mi hogar, pero nunca lo había contemplado desde el foso y ahora deseaba no haber tenido que hacerlo nunca. Nadé como una flecha, pataleando con todas mis fuerzas, y estuve a punto de estrellarme contra un pez. Era un pez pequeño, el doble de pequeño que yo, pero me dio un susto tremendo; entre los ojos, lagrimosos, enrojecidos e hinchados, tenía un tercer ojo, deforme y arrugado, que oscilaba en la cuenca. En ese momento algo rozó mis pies pero, cuando miré atrás, el pececillo deforme seguía nadando junto a mí. Evidentemente, no era la única criatura viva que habitaba allí.

Por fin topé con el muro de piedra y lo tanteé con la mano, pero como Eadric ya estaba fuera, me agarró de la muñeca y tiró de ella.

—¡Rápido! —gritó—. ¡Alguna criatura se acerca nadando detrás de ti!

Miré a mis espaldas y, bajo el reflejo de la luna, distinguí un largo lomo plateado que se arqueaba y se me aproximaba. El terror me dio nuevas fuerzas, de tal forma que clavé los dedos de los pies en las resbaladizas piedras de la orilla, salté por los aires y aterricé en brazos de Eadric, pero lo derribé. En éstas, un coletazo golpeó el agua y nos salpicó de agua fétida, por lo que nos apartamos a toda velocidad para ponernos a cubierto.

—¿Y ahora qué? —pregunté secándome la cara con la mano.

Estábamos aún en la estrecha cornisa de piedra, demasiado cerca de la criatura que vivía en el foso.

—Busquemos cómo entrar. Debe de haber alguna rendija en la muralla, o alguna piedra suelta. Tenemos que encontrarla.

—¿Y si no la encontramos?

—Pues esperaremos hasta que abran la puerta por la mañana. Mira, no te preocupes, porque yo también crecí en un castillo, ¿recuerdas? Y un niño no deja ningún rincón sin explorar... En el castillo de mis padres había cientos de grietas demasiado pequeñas para un crío, pero no para un sapo o una rana. Si buscas una rendija para entrar en tu castillo, yo soy la persona indicada para descubrirla.

La luna brillaba ya muy alto en el cielo cuando por fin encontramos la rendija que, a pesar de no ser demasiado ancha, al menos se adentraba hacia el interior de la muralla formando un túnel oscuro y diminuto. Otras criaturas lo habían recorrido, porque en el suelo había esqueletos de escarabajo y cacas de ratón, y olía a humedad y moho, pero era un camino hacia el interior. Yo estaba muy contenta de haberlo hallado.

El túnel desembocó de sopetón en un amplio espacio, y yo atisbé desorientada antes de darme cuenta de que estábamos en el Gran Salón, el aposento más importante del castillo y el corazón de todo el edificio, alrededor del cual partían una colmena de pasillos y antecámaras. Los restos del fuego ardían todavía en la enorme chimenea de piedra, a cuyos pies los perros de mi padre se rebullían entre sueños, después de atiborrarse con las sobras de la cena.

157

—¡Genial! —le susurré al oído a Eadric—. Estamos muy cerca de la escalera que lleva a la habitación de mi tía, que está al final de ese pasillo.

—¿Qué hacemos con los perros?

—Procurar no despertarlos. —Mi compañero me lanzó una mirada escéptica—. Éste es el momento —insistí—. Mañana por la mañana habrá tanta gente que será imposible cruzar por aquí. Si no lo intentamos ahora, más nos vale darnos la vuelta y regresar al pantano.

—Perdona, pero es que no me gustan nada los perros… ¡Y mira qué perrazos! ¿Estás segura de que están dormidos?

—Por supuesto, ¿no los oyes roncar? Vamos, yo iré delante; tú sígueme de cerca y no hagas ningún ruido.

Di un salto para salir del túnel, pero el eco del choque de mis pies contra el suelo de piedra retumbó en el Gran Salón. Me quedé inmóvil, atenta a los perros. Sin embargo, éstos seguían respirando pausadamente, roncando y gimiendo en sueños; uno de ellos gruñía, mientras que otro movía las patas como si corriera, aunque no se desplazaba ni un centímetro en el suelo. Por su parte, *Bowser*, el mastín preferido de papá, yacía sobre el lomo y agitaba las patas en el aire como si tratara de volar; volvía a ser un perro en lugar de un pato, de modo que tía Grassina debía de haber encontrado el pergamino adecuado para devolverle su condición perruna.

Me puse a brincar deteniéndome de vez en cuando para cerciorarme de que los perros seguían dormidos. Habíamos cruzado ya el Gran Salón y faltaba poco para llegar al pasillo cuando, al saltar, caí en un charquito de pis de perro; el líquido apestoso me salpicó de pies a cabeza.

—¡Qué asco! —exclamé olvidándome de no hacer ruido.

Uno de los perros se movió y me giré con brusquedad: era *Bowser*, el enorme mastín, que se levantó trastabillando y echó a andar hacia nosotros.

—¡Rápido, ahí dentro! —Eadric señaló un cubo de madera.

El cubo me resultaba conocido, pero no recordaba qué solía contener. No había tiempo de ponerse a escoger, con el perrazo en camino...

—¡Un, dos, tres! —dije, y ambos saltamos al cubo de agua tibia.

Enseguida caí en la cuenta de dónde estábamos.

—¡Eadric! —susurré—. ¡Ésta es el agua que beben los perros! ¿Y si se ha despertado porque tenía sed?

—¿Por qué no me lo has dicho antes?

—Acabo de darme cuen…

—¡Chisst! ¡Aquí viene!

Me aplasté contra un lado del cubo al avistar en lo alto la gran cabeza de *Bowser*.

«Está medio dormido —pensé—; tal vez no se entere.»

Las orejas se le pusieron rígidas, y comprendí que había percibido nuestra presencia. Sentí una vaharada de aliento maloliente cuando se inclinó sobre el cubo. Eadric se sumergió hasta el fondo y supe que todo dependía de mí.

—¡Cuac! —exclamé tratando de imitar lo mejor que podía a un pato—. ¡Cuac! ¡Cuac! ¡Cuac!

159

—Qué demonios… —*Bowser* retrocedió, sorprendido.

—¡Cuac! ¡Cuac! ¡Cuac! —repetí chapaleando como un pato.

—¡No! —gimió el perro—. ¡Otra vez no!

Ya no lo veía, pero oí que se escabullía a toda prisa del salón, arañando el suelo de piedra con las pezuñas. Como Eadric seguía sumergido bajo el agua, aunque ya estábamos fuera de peligro, suspiré y lo saqué de un tirón a la superficie.

—Ya podemos salir… El perro se ha ido.

—Tal vez está tan oscuro que no nos ha visto bajo el agua —dijo izándose hasta el borde del cubo.

Me encaramé tras él y me dejé caer en el suelo.

—O tal vez tiene miedo de los patos…

—¿Por qué tenéis patos en el Gran Salón?

—No he dicho que los tengamos.

Eadric echó un vistazo atrás mientras se rascaba la cabeza con una pata.

—Pero creo que has dicho… —murmuró por lo bajo.

Nos dirigimos hacia el pasillo, todavía tratando de no hacer ruido, y respiramos aliviados cuando salimos del Gran Salón.

—¡Apostemos una carrera! —susurré con ganas de estirar los músculos.

—¡Ya has perdido, tortuga! —me contestó también en un susurro Eadric.

Recorrimos el pasillo rebotando de brinco en brinco. A través de las troneras de la torre, la luna iluminaba los escalones cortados en forma de trozo de pastel y los saltamos uno tras otro para ver quién llegaba primero a la cima. Eadric me ganó por diez segundos, aunque todavía llevaba atado al lomo el botellín de aliento de dragón.

Me detuve en el descansillo, agotada y sin aliento, aunque hacía tiempo que no estaba tan contenta.

—Has ganado —dije jadeando—, pero sólo porque tienes las patas más largas.

—No ha sido por eso —respondió también resollando—. He ganado porque soy un saltador excelente y tú eres lenta como una tortuga.

—Pues me da igual… ¡Ya estamos aquí! —Sonreí de oreja a oreja, hasta que me dolieron las mandíbulas—. Con la ayuda de tía Grassina, ¡esta misma noche volveremos a ser humanos!

Quince

Alcé la mano para llamar a la puerta, pero Eadric me retuvo la muñeca.

—Hay algo que quiero decirte, antes de que entremos a ver a tu tía… —dijo esquivándome la mirada—. Me hará muy feliz volver a ser un príncipe, pero ser sapo ha tenido sus cosas… Sobre todo desde que tú te convertiste en rana.

—¿Qué quieres decir?

—Pues eso… Bueno, da igual, dejémoslo. Será mejor que llames a la puerta.

Aunque giró la cara, tuve tiempo de ver que fruncía el entrecejo.

—Sí, ahora mismo, pero explícame qué quieres decir.

—No tendría que haber dicho nada —suspiró—. Pues eso, que me lo he pasado bien siendo yo un sapo y tú una rana, incluso en los peores momentos; mucho mejor que cuando estaba solo. En fin, por lo que a mí respecta, te diría que no me disgustaría seguir siendo sapo, si tú sigues siendo rana también.

Se atragantó con las últimas palabras, como si tuviera muchísima prisa por decirlas. Después se aclaró la voz y añadió:

—Además, así no tendrías que casarte con Jorge.

—No sé qué decir…

Me acerqué a él, pero se apartó y se volvió hacia la puerta.

—No digas nada —respondió, tenso—. Anda, llama de una vez.

Yo conocía esa cara de terquedad y sabía que no valía la pena seguir preguntando. Sin acabar de comprender lo que me quería dar a entender, mi euforia se desinfló. ¿Acaso quería seguir siendo un sapo, después de todos los peligros que habíamos corrido? ¿Y… que yo fuera una rana también? Resolví averiguarlo más tarde y me dispuse a llamar, pero antes de dar ningún golpe, la puerta se abrió de par en par y tía Grassina se precipitó en el umbral.

—¡Emma! —exclamó esbozando su típica sonrisa. Miró a diestra y siniestra buscándome, pero como no bajó la vista al suelo, no vio al sapo ni a la rana que aguardaban a sus pies. Dejó de sonreír y tanteó la puerta a sus espaldas con intención de volver a cerrarla—. Habría jurado que…

—¡Tía Grassina, estoy aquí! —grité, dichosa de verla otra vez.

«Ahora todo irá bien —pensé—. Ella lo arreglará todo.»

Sin embargo, se me cayó el alma a los pies cuando mi tía nos dio un vistazo por fin y, al ver que había dos sapos, se dio la vuelta para entrar de nuevo en la habi-

162

tación. La tristeza que percibí en sus ojos me rompió el corazón; no soportaba verla tan triste.

—¡Tía, soy yo! —grité, brincando angustiada una y otra vez—. ¡Soy yo, soy yo, soy yo! ¡Soy Emma, tu sobrina! ¡Me he convertido en rana! ¡Aquí, mírame, tía Grassina! ¡Por favor!

La tía miró de nuevo al suelo y casi me pongo a llorar al ver su cara de espanto.

—No puede ser... Si yo le di a Emma el talismán para protegerla precisamente de estos hechizos... ¡Tú no puedes ser Emma!

—¡Sí, sí, soy yo! Le di un beso a Eadric, que es un príncipe encantado, ¡y me convertí en rana!

—Supongo que el talismán pudo haberme salido mal... —dijo mi tía muy despacio enarcando una ceja—. Emma estuvo haciéndome preguntas acerca de un sapo que hablaba. Eso explicaría su desaparición... Bueno, será mejor que entréis los dos.

163

No hacía falta que lo dijera dos veces, de modo que la seguimos brincando, prácticamente, sobre el dobladillo de su falda. Incluso desde el punto de vista de una rana, la habitación de Grassina era maravillosa, pues todo parecía cálido y acogedor bajo la luz sonrosada de las esferas mágicas. Me hundí hasta las rodillas en las mullidas alfombras, disfrutando del cosquilleo que me producían en las plantas de mis cansados pies, y me senté en la que había frente a la chimenea y estiré las patas. Eadric vino tras de mí sin quitarle los ojos de encima a Grassina.

—Así que ésta es tu tía, ¿eh? —susurró—. ¡Es bastante guapa! Y se viste mucho mejor que Vannabe y la bruja vieja. Hasta huele mejor y todo.

—Muchas gracias —replicó Grassina, que tenía muy buen oído—. Supongo que es un cumplido, pero ¿quiénes son Vannabe y la bruja vieja?

—La bruja vieja se llamaba Mudine —expliqué—. Vivía en el bosque, pero se murió hace un año, y Vannabe es una chica que quiere ser bruja y se apropió de la casa y los libros de Mudine cuando ella murió.

—¡Vaya, qué pena! —dijo Grassina—. En su época Mudine fue una bruja de gran talento.

—¿La conoció usted? —preguntó Eadric—. Ella fue la que me convirtió en sapo.

—¿Ah, sí? —dijo Grassina—. Pues entonces no puede estar muerta, porque si fuera cierto, el encantamiento se habría acabado.

—¿Qué puede haberle pasado entonces? —pregunté—. Nos contaron que estuvo muy enferma. Y un día se acostó en su cama y desapareció en medio de una nube de humo.

—Tal vez se fue a alguna parte a descansar, o a buscar a un médico brujo, si realmente estaba muy enferma. A veces esos tratamientos duran mucho tiempo.

—Tal vez la abuela lo sepa —insinué—. Todos los miércoles por la noche, las brujas más viejas se reúnen en torno a una hoguera para intercambiar historias y recetas. A lo mejor ha oído alguna noticia de Mudine.

—¿Dónde vive tu abuela? —preguntó Eadric.

—En la Residencia para Brujas Ancianas. Es un lugar estupendo en el que cada bruja tiene una cabañita elegida a su gusto. La abuela eligió una hecha con galletas de jengibre, pero está un poco arrepentida porque siempre se queja de que los niños de la aldea se la comen. Ojalá hubiera elegido una casa como la de su vecina, que tiene patas de gallina y camina sola.

—Nunca he oído hablar de un lugar así... ¿Dónde queda?

—Al otro lado del río, una vez que has atravesado los bosques. Es muy fácil encontrarla; hasta mi caballo conoce el camino.

—Ven aquí, Eadric —dijo Grassina, que se estaba impacientando—. Independientemente de lo que le haya ocurrido a Mudine, lo cierto es que hizo un buen trabajo, pues eres un sapo muy guapo.

Eadric sonrió y se acarició la calva cabeza verde, como si se peinara el inexistente cabello. Yo nunca me habría imaginado que un sapo pudiera ser tan vanidoso.

—¿Qué es eso que llevas atado a la espalda? —preguntó Grassina—. Si no me equivoco, parece aliento de dragón.

Eadric asintió y, dándole una palmadita al botellín, explicó:

—Lo saqué de la cabaña de Vannabe porque creí que podría hacer alguna tontería con él.

—Muy bien pensado, pues dejarlo en manos de alguien que no sabe lo que hace habría sido una idea pésima.

Eadric sonreía con tanta complacencia que me ponía enferma.

Entonces Grassina se volvió y me miró a los ojos.

—En cuanto a ti, parece que has averiguado un par de cosas acerca de la abuela de Emma y estás resuelta a hacerte pasar por mi sobrina, ¿verdad?

—¡Pero si soy Emma!

—Vale, vale, pero deberás convencerme de que es cierto. Cuéntame tu historia, para que pueda formarme una opinión.

Grassina nos levantó con delicadeza y nos depositó sobre la mesita. Las mariposas de vidrio reposaban con las alas plegadas en los capullos de cristal. Me acomodé a los pies de una gran rosa de color amatista, mientras Eadric se quedaba boquiabierto al descubrir que las flores y las mariposas estaban vivas.

Mi tía se arrellanó en su butaca esperando mi historia.

—¿Por dónde empiezo? —pregunté.

—Empieza explicando cuándo te convertiste en rana.

—Es una historia larga —le advertí.

—No tengo prisa.

—Bueno pues... todo comenzó el día en que el príncipe Jorge vino de visita...

Siempre me ha gustado contar las historias con todo detalle, así que no omití ninguno, le interesaran a tía Grassina o no. Eadric se durmió a medio relato pero, en cambio, mi tía parecía fascinada. Frunció el entrecejo cuando conté cómo Vannabe trataba a sus animales y, en cambio, se echó a reír cuando hablé de las luciérnagas que titilaban en el gaznate de Eadric. Me interrumpió una sola vez, y fue a buscar una taza de té para ella y un platito de agua para mí. Cuando acabé de hablar, tenía la garganta reseca y dolorida.

—¡Es una historia fantástica! —dijo Grassina—. ¡Divertidísima! Pero cualquiera podría inventársela con un poco de imaginación. Convénceme de que eres mi sobrina; necesito una prueba, algo que sólo Emma sepa y nadie más pueda habértelo contado.

A todo esto, oímos un susurro entre las cortinas y una silueta negra se coló en la habitación, revoloteó por detrás de Grassina y se colgó debajo de su butaca.

—¡Hazle cosquillas! —dijo el recién llegado—. ¡O cuéntale una broma divertida!

—¿Quién ha dicho eso? —preguntó mi tía poniéndose de pie de un salto.

—Éste es *Sarnoso*. Ya te he hablado de él.

—¡Ah, claro, el murciélago de la bruja! —Mi tía se inclinó para mirar debajo de la butaca y le comentó—: Me han dicho que estás interesado en vivir aquí, ¿no?

—Depende... ¿Eres una bruja de verdad, o una aprendiz como Vannabe?

—Yo soy una bruja de verdad, no lo dudes. Puedes preguntárselo a la madre de Emma.

—¿Y sabes muchos conjuros?

—No sólo los sé, ¡los hago! ¿Estás satisfecho?

—Supongo. Pero hay un problema: no tienes ninguna viga. ¿Dónde me colgaré si aquí no las hay?

—Mmm... ¿Una viga? No había pensado en eso. —Grassina alzó la cabeza para mirar el techo, mientras una suave brisa que se colaba por la ventana balanceaba las esferas de luz mágica—. Y, además, esas luces... Pero ya pensaremos en algo, no te preocupes. ¿Por qué querías que le hiciera cosquillas a esta ranita?

—Si le haces cosquillas, lo sabrás.

Eadric, que se había despertado hacia el final de la historia, gritó lanzándose hacia mí:

—¡Se las haré yo!

—No creo… —dije retrocediendo—. No me gusta que me hagan cosquillas.

—Es por una buena causa —respondió.

Y dicho y hecho, me agarró un brazo y me hizo cosquillas en el cuello y los costados con la otra mano; trató de hacérmelas en el sobaco, pero me escabullí y tropecé con el jarrón. Una rosa pálida se tambaleó y los pétalos desprendidos cayeron sobre la mesa haciendo clinc, clinc, clinc.

Eadric logró agarrarme un pie y se puso manos a la obra.

—¡No! —grité—. ¡En el pie no!

Fue entonces cuando solté la risa. Reí y reí, hasta que la barriga me dolió y las lágrimas me corrieron por las mejillas. Continué riendo hasta quedarme sin aliento, pero no era una risa que tintineara como una campanilla, sino una especie de bramido, que me salía desde el fondo de las tripas y estallaba en mis labios.

—¡Eres Emma! —reconoció Grassina, que se había echado a reír conmigo—. ¡Es verdad! ¡Nadie más podría reírse así!

—¡Detente! ¡Detente! —jadeé sin fuerzas para apartar a Eadric.

Él sonrió, me soltó el pie y se dejó caer sobre la mesita.

—Discúlpeme —dijo empinando la cabeza hacia mi tía—, pero ¿no había otro método más sencillo, como unos polvos mágicos o algún conjuro para cerciorarse de que era Emma?

—Sí, sí lo hay y, de hecho, pienso usarlo ahora mismo. Quiero que Emma vea… Ven, ponte aquí. —Gras-

sina me cogió y me puso en el suelo—. Será mejor que
te apartes, Eadric. No sea que te salpique.

Sarnoso se asomó por debajo de la butaca. Los extraños lo atemorizaban, pero su pasión por la magia era
más fuerte que su miedo.

—¿Vas a hacer magia?

—Sí —dijo Grassina—. ¿Quieres ayudarme?

—¡Por supuesto! —El murciélago se descolgó hasta el suelo y miró a mi tía con reverencia—. Mudine
nunca me dejaba hacer nada… aparte de cazar bichos,
claro.

—Ya veo, ya... —asintió Grassina, comprensiva—.
Pero aquí las cosas serán diferentes.

Entonces mi tía miró alrededor hasta que se fijó en
un viejo cabo de vela que se aguantaba en un charco de
cera sólida encima del escritorio. Hizo un gesto con el
dedo, murmuró una palabra y la vela se encendió.

—Ahora tienes que apagar la vela cuando yo te
diga. Pero sólo cuando yo te diga, ¿comprendido?

—Sí, señora —afirmó *Sarnoso*—. ¡Comprendido!
¡Tengo que apagarla cuando tú me digas, pero antes
no! ¡Perfecto!

El murciélago, reluciéndole los ojos de la emoción,
revoloteó hasta el escritorio y se plantó junto a la vela
encendida. Se llenó los carrillos de aire y contuvo el
aliento sin apartar la vista de mi tía.

—Me gusta la gente entusiasta —me susurró al
oído Grassina—, pero será mejor que nos demos prisa
antes de que se desmaye.

Así pues, levantó el brazo, me señaló con el dedo y
dijo:

169

—¡Ahora, *Sarnoso*!

El murciélago tuvo que soplar tres veces antes de apagar la vela. Cuando lo consiguió, la habitación quedó en tinieblas, aún más oscura que antes de que se encendiera la vela, porque también se habían apagado las esferas mágicas.

—¿Qué tal lo he hecho? —preguntó *Sarnoso*, satisfecho.

Grassina habló entonces, con voz clara y dulce:

Bajo el encantamiento,
bajo el conjuro,
enséñanos tu secreto,
muéstranos la verdad.

Aparta lo ilusorio,
déjanos admirar
cómo es en realidad
tu rostro único.

Una lluvia de chispas se agolpó a mi alrededor, como un torbellino de nieve en una ventisca. Sentí un cosquilleo en la nariz y estornudé con los ojos cerrados. Cuando los abrí, me vi flotando por encima de mí misma, o al menos eso me pareció. Donde antes había tinieblas, lucía ahora una luz difusa iluminando mi cuerpo de chica, que estaba de pie en el mismo lugar donde yo, como rana, me agazapaba en el suelo. Fue un poco desconcertante, hasta que me di cuenta de que la imagen no era más sólida que una neblina y podía ver a través de ella; mi cuerpo era el de siempre, salvo que estaba rodeado de chispas. Al principio creí que eran un efecto del conjuro, pero siguieron titilando alrededor de mi imagen como una nube de luciérnagas.

—¿Qué son esas chispas? —pregunté.

—*Sarnoso* te lo dirá, ¿verdad que sí? —sugirió Grassina mirando al murciélago, que brincaba en la mesa temblando de emoción.

Éste asintió varias veces, demasiado agitado para quedarse quieto, y exclamó:

—¡Emma tiene el don! ¡El no sé qué del que siempre hablaba Mudine!

—¿Qué es no sé qué?

—*Sarnoso* quiere decir que posees el don de la magia —explicó Grassina—. Es un talento especial que se tiene desde que se nace. Por lo que me has contado, Vannabe no lo tiene, pero tú sí, lo quieras o no.

—¡Yo lo sabía, yo lo sabía! —chilló *Sarnoso*—. ¡No sólo bastaba saber leer para que los conjuros funcionaran tan pronto! Tendrías que haberla visto. Esas jaulas estaban más cerradas que la boca de una estatua pero, en cuanto Emma leyó el conjuro, ¡zas!, quedaron libres. Ni siquiera Mudine lo habría hecho tan rápido.

Después de leer los conjuros del libro, yo estaba convencida de que cualquier tonto podía ponerlos en práctica. Entonces miré otra vez mi propia imagen y abrí y cerré la boca como un pez moribundo; quizá era cierto que estuviera destinada a ser una bruja y tal vez, si me esforzaba, encontraría algún conjuro para dejar de ser tan patosa. ¡O tal vez podría ayudar también a otras personas! Al fin y al cabo a eso se dedicaba siempre mi tía.

Grassina hizo un gesto y las esferas mágicas volvie-

171

ron a encenderse; la luz disolvió mi imagen, que ya se había hecho más tenue. Mi tía me miró y sonrió una vez más.

—¡Qué alegría que hayas regresado, Emma...! Quisiera darte un abrazo, pero tengo miedo de aplastarte.

—Ya me lo darás —dije, aliviada de que pudiera contenerse.

—¿Cómo te ha ido siendo rana?

—Pues ha tenido sus momentos... Es por eso que vinimos a hablar contigo. Necesitamos que nos conviertas en humanos otra vez. ¿Puedes hacerlo esta misma noche? ¿O necesitas prepararte?

—Me temo que no será tan sencillo. Primero tenemos que averiguar por qué te convertiste en rana. ¿Dices que le diste un beso a Eadric?

—Sí, eso es.

—Bueno, tampoco fue un auténtico beso.

—Mmm... —dijo la tía pensativa—. ¿Había alguien más presente en ese momento?

—No, estábamos solos los dos.

—¿Qué llevabas puesto?

—Mi vestido azul y los zapatos que prefiero en tercer lugar, y en el pelo...

—No, no, quiero decir si llevabas alguna joya. ¿Lo recuerdas?

—Pues no... Solamente me había puesto el brazalete que me regalaste.

—¿El brazalete para revertir conjuros que te regalé cuando tenías cinco años?

—¿Para revertir conjuros, has dicho? ¡Yo creía que su única virtud es que brillaba en la oscuridad!

—No, no. Es un brazalete mágico. Te lo di cuando eras niña para protegerte. Si una bruja trataba de lanzarte un conjuro, éste recaería sobre ella. Claro, si lo llevabas puesto cuando besaste a Eadric...

—Sí —afirmé—, me lo había puesto.

—Pues ahí está la respuesta. Ese conjuro no iba dirigido a ti, ¿lo entiendes?

—O sea que cuando Eadric y yo nos besamos...

—... el brazalete revirtió el conjuro. En principio, el beso debía convertir a Eadric otra vez en humano, pero, en lugar de eso, ocurrió lo contrario y tú te convertiste en rana. No debería ser tan difícil de arreglar. Sólo tienes que ponerte el brazalete y besar a Eadric otra vez. Si lo haces, ambos os convertiréis de nuevo en humanos.

Tendría que haberme alegrado de conocer la causa de mi transformación, pero confiaba en que la solución fuera más sencilla. Así pues, al percatarme de que mi tía me observaba, fruncí el entrecejo y me puse a saltar alternando los pies.

—No habrás perdido el brazalete, ¿verdad, Emma? —preguntó.

—Más o menos —confesé a regañadientes—. Una nutria se lo llevó nadando mientras estábamos en el arroyo. Supongo que podríamos buscarla... A menos que tú puedas hacer algo al respecto. ¿No podrías deshacer el encantamiento con uno de tus conjuros?

—Podría, si yo hubiera encantado a Eadric. Pero, como no es así, tú eres la única que puede revertir el hechizo. Tal vez pueda ayudarte a encontrar a la nutria... Pareces preocupado, Eadric. ¿Te pasa algo?

173

—No, qué va. Es que cada vez que parece que seré de nuevo un príncipe surge algún contratiempo. Tal vez estoy destinado a ser un sapo el resto de mi vida.

—Si eso es lo que te apetece, adelante. Pero entonces Emma también seguirá siendo una rana. Ahora vuestros encantamientos están ligados el uno al otro. O seguís siendo sapo y rana, o bien os convertís ambos en humanos.

—Yo voto por ser humanos —dije, al recordar cuántas veces había estado a punto de morir siendo rana.

—Pues entonces yo también. —Eadric suspiró y se rascó la cabeza con una pata—. Aunque no sé si usted conocerá a alguien que quiera ir mañana al pantano, ¿o quizá sí?

174

—Yo misma os llevaré. ¡No todos los días puede una llevar a un príncipe y a una princesa metidos en una cesta!

Dieciséis

Faltaban tantas horas para el amanecer que decidimos descansar antes de encaminarnos hacia el pantano. Eadric roncaba ya en el cojín de una butaca cuando Grassina se agachó a darnos las buenas noches.

—Que duermas bien, Emma. Tal vez no sea tan sencillo encontrar el brazalete y quiero que estés despejada y vuelvas sana y salva a casa. Todavía no sé qué les contaré a tus padres.

—No les digas nada —insinué—. Hablaré con ellos cuando volvamos.

Yo misma no tenía ni idea de qué les diría, pero sabía que tendría que darles una larga explicación. No obstante, me alegró comprobar que la perspectiva de encararme con ellos no me ponía nerviosa como en otros tiempos.

—Muy bien —dijo Grassina, satisfecha—. Siempre pensé que tarde o temprano te harías cargo de tus cosas. Pero has de saber que tu madre te ha extrañado más de lo que crees; cuando se percató de que te habías ido, mandó a todo el mundo a buscarte. No es tan mala,

¿sabes? De hecho, cuando éramos jóvenes, todos decían que era muy buena chica, más que yo.

—A ti no te debió de hacer eso mucha gracia, ¿no?

—¡Pero era cierto! —comentó Grassina riendo por lo bajo—. Yo tenía el don de la magia y siempre andaba metiéndome en líos. Desde que éramos niñas, supimos quién de las dos lo tenía, aunque fue una injusticia para tu madre, claro, porque se perdió un montón de cosas. Pero, a la larga, yo también salí perdiendo, porque tu abuela (que me consideraba su hija preferida) rechazó a mi único pretendiente, ya que no le pareció digno de mí. En cambio, Chartreuse pudo elegir con quién casarse.

—¿O sea que mamá «escogió» a papá? Siempre creí que había sido una boda arreglada.

—Si fue apañada, ella misma la apañó.

—¿Y mamá te envidiaba?

—¡Claro! Después de todo, yo era la preferida. Creo que por eso es tan dura contigo, porque tú y yo nos parecemos mucho.

Nos despertamos varias veces, y la última fue justo antes del amanecer. Grassina puso en el suelo una cesta de mimbre acolchada con una pequeña tarta de fruta en el fondo.

—Sé que las ranas no suelen comer tarta de fruta, pero tal vez os entre hambre. Lo siento, pero se me han agotado los bichos.

Eadric saltó dentro de la cesta y le dio un lengüetazo a la tarta.

—¡Está buenísima! —anunció, y se aplicó a comerse el resto.

Yo me metí también en la cesta, pero estaba demasiado nerviosa para comer.

—¿No te parece genial, Eadric? —dije cuando Grassina nos levantó del suelo—. Encontraremos a la nutria, conseguiremos el brazalete, te daré el beso y estaremos de regreso a la hora de comer. O, como mucho, para la cena.

—Yo estaría un poco más tranquilo si ya fuéramos humanos —rezongó él.

Grassina bajó la escalera y atravesó el Gran Salón. Los perros estaban despiertos y reclamaban comida metiéndose entre las piernas de los sirvientes. *Bowser* se escabulló a toda prisa debajo de la mesa al ver a la tía, pero los otros tres mastines se acercaron a investigar. Empujaban la cesta con el hocico y gemían para que les permitiera asomarse dentro, porque los olores suculentos de la tarta, una rana y un sapo eran demasiadas tentaciones juntas. Grassina trató de espantarlos, pero la siguieron hasta la puerta. Me agazapé en el fondo de la cesta y cerré los ojos, como si no verlos supusiera una buena protección; en cambio, Eadric estaba tan atareado con la tarta que no se dio cuenta de nada.

Cuando salimos del jardín, le indiqué a mi tía cómo ir hasta el estanque donde había conocido a Eadric. Me asomé al borde de la cesta y eché una mirada mientras él seguía en el fondo, comiéndose la tarta. El lugar no había cambiado mucho desde la última vez que había estado allí: en el barro de la orilla había huellas de pato y una abeja reina había creado un nuevo panal en el árbol agujereado al otro lado del estanque. Visto desde lo alto, nada parecía grande ni amenazador; estaba convencida de que tendríamos suerte.

—A ver, ¿dónde os besasteis? —preguntó tía Grassina—. Hay que ser bastante precisos, así que tratad de recordarlo bien.

—Fue ahí —indiqué señalando el claro junto a la orilla.

—¿Estás segura? —inquirió Eadric asomándose al borde de la cesta.

—¡Claro que estoy segura! ¡Fue el primer beso de mi vida! Lo recuerdo perfectamente… Al menos hasta que todo se puso borroso.

—Bien, bien —dijo Grassina, y atrapó al vuelo a Eadric, que estuvo a punto de perder el equilibrio por culpa del botellín de aliento de dragón, que todavía llevaba atado sobre el lomo—. Estaos los dos quietos aquí; ahora trataremos de encontrar a la nutria.

Dejó la cesta encima de un tronco y sacó de su bolsa un objeto negro y reluciente, como una lámina con forma de hoja, que brillaba bajo el sol igual que las relucientes espadas de papá, aunque la luz centelleaba en ella por ambas caras y en todos sus puntiagudos bordes.

—¿Qué es eso? —pregunté.

Creía conocer casi todo el instrumental mágico de mi tía, pero jamás había visto aquel utensilio.

—Le hice un pequeño favor a un dragón cuando me fui de viaje la semana pasada y, en agradecimiento, me regaló una de sus escamas. Los dragones tienen un sentido infalible de la orientación, así que pensé que podría sernos útil. ¡Mirad!

La tía se plantó en el claro que yo había señalado y levantó la escama en alto.

> Un brazalete de oro encantado
> cayó en este lodazal.
> Una nutria lo ha encontrado,
> se lo ha llevado a su hogar.

> La dueña del brazalete
> lo quiere recuperar.
> Ha venido en busca de la nutria.
> Por favor, dinos dónde está.

La escama era negra como el carbón, pero en su interior brilló una luz, primero roja, luego azul, de nuevo azul y otra vez roja. Tía Grassina la metió en la cesta, la apoyó contra un lateral y me vi a mí misma reflejada en la reluciente superficie.

—Toma —me indicó—, pon tu mano sobre la escama. Eres la dueña del brazalete y a ti te dirá en qué dirección buscar.

El estómago me dio un brinco cuando levantó la cesta. Me aferré a ella para no perder el equilibrio y esperé a tener las patas bien plantadas antes de estirar la mano para tocar la escama. Ésta era negra como la noche más negra, del tamaño de la palma de la mano de papá y tan gruesa como su dedo pulgar; y de borde aserrado, salvo en una parte más roma. Me dije a mí misma que era una suerte no tener que alzarla yo, pues era tan resbaladiza que la habría dejado caer, o me habría cortado con el filo de los bordes.

—¿Qué hago ahora? —pregunté levantando la vista hacia Grassina.

—Esperar. La paciencia es una gran virtud, sobre todo a la hora de hacer magia. Ahora la escama está buscando a la nutria y pronto nos dirá hacia dónde debemos ir.

—¿Nos hablará? —preguntó Eadric pegando la oreja al centro de la escama.

—¡No, claro que no! —rio tía Grassina—. Nos lo dirá mediante los colores: si se pone roja querrá decir «caliente» y significará que llevamos el rumbo correcto; si se pone azul querrá decir «frío», y adoptará ese color si tomamos cualquier otra dirección. ¡Atentos, ya está reaccionando!

El brillo rojo había desaparecido; sólo lucía el color azul.

—Dice «frío», tía Grassina, así que no es por aquí. Date la vuelta en otra dirección.

—Caliente, frío, esto parece un juego de niños —rezongó Eadric—. Suponía que un dragón podría ayudarnos un poco más.

—¡Le hice un favor pequeño, como te dije! —aclaró Grassina sonriendo—. Además, con esto tenemos suficiente. ¿Y ahora, Emma?

Mi tía fue girando en redondo, pero el brillo siguió siendo azul. Sin embargo, cuando hubo dado tres cuartos de vuelta, el rojo titiló.

—¡Es por ahí, tía Grassina! ¡Vamos!

—¡Muy bien! ¡Adelante!

Se recogió la falda con una mano, se colgó la cesta del brazo y echó a andar.

—¿Usted misma nos llevará hasta donde está la nutria, tía Grassina? —preguntó Eadric tambaleándose en la cesta—. Es muy amable de su parte.

—No lo hago por amabilidad, sino porque no permitiré jamás que mi sobrina vuelva a pasearse sola por este pantano, después de lo que le pasó la última vez. Atenta a la escama, Emma. Dime cuándo tengo que cambiar de rumbo.

—Vas bien, tía Grassina. No, ¡espera!, por ahí no... Eso, un poco más a la izquierda.

Nunca he sabido calcular distancias, pero pronto comprendí que la nutria no estaba a un tiro de piedra. Grassina y yo continuamos trabajando en equipo, yéndonos de aquí para allá según la luz fuera roja o azul. De vez en cuando, la escama nos conducía hasta obstáculos infranqueables —charcas, lodazales e incluso un pozo sin fondo— y entonces teníamos que retroceder y buscar otra ruta, porque era imposible avanzar en línea recta. Para colmo, Grassina volvía sobre sus pasos cada vez que topábamos con un macizo de flores y no se quedaba tranquila hasta que las rodeábamos a una distancia prudencial.

181

Estaba segura de que mi tía debía de estar cansada, puesto que yo misma había recorrido aquella ciénaga. Sin embargo, ella seguía adelante sin quejarse ni dejar de reír, aunque el lodo intentara tragársele los zapatos o las ramas le arañaran el rostro, o tuviera que volver por enésima vez sobre sus pasos. Sólo sugirió que nos detuviéramos cuando comenté que me dolía la cabeza por el centelleo de las luces. Realmente necesitaba un descanso, pero era también una excusa para que ella hiciera un alto.

No había dónde sentarse como no fuera en el suelo embarrado, pero mi tía se dirigió a un pequeño montículo y susurró algo en voz baja. Acto seguido, la tierra retumbó y del montecillo brotó una piedra de gran tamaño; ésta giró sobre sí misma y nos ofreció su parte plana. Con otro susurro, Grassina hizo soplar una ligera brisa que limpió la superficie de la piedra de tierra e insectos y, suspirando complacida, se sentó con la cesta sobre las piernas.

—¿Puedo preguntarle una cosa? —cuestionó Eadric.

—Por supuesto, pero no sé si sabré responderte.

—Ese conjuro que ha hecho antes, el del brazalete... ¿Se lo ha inventado en ese momento o hacía tiempo que lo tenía en mente?

—Me lo he inventado en ese momento; es como hago casi todos mis conjuros.

—¡Pues le salen muy bien! A mí nunca se me ocurriría algo así de improviso.

—Todo es cuestión de práctica.

—¿Y siempre tienen que rimar? —pregunté yo.

—¡No, qué va! Eso depende de cada bruja. A algunas les resulta más fácil la rima y a otras, la prosa. La cuestión es sentirse a gusto. Yo prefiero hacerlo porque siempre me han gustado los poemas con rima. Haywood solía escribirme algunos preciosos...

—Pero para encontrar las palabras correctas...

—Resulta más fácil con el tiempo y la práctica. Al comienzo es mejor usar conjuros conocidos, que ya sabes que funcionan.

—Mmm... —musité.

Me quedé reflexionando largo rato; después de mis éxitos con la magia en la cabaña de Vannabe, veía el oficio con otros ojos. Sí, había metido la pata todas las veces anteriores que había intentado realizar conjuros, pero era porque creía que no estaba capacitada para hacerlo bien; en cambio, ahora sabía que era capaz, que tenía el don… De repente se me ocurrió algo; al principio no fue más que una vaga idea, pero cuanto más pensaba en ella, más me convencía de que podría funcionar. Le estaba muy agradecida a tía Grassina, puesto que sin ella habría sido mucho más difícil y lento encontrar a la nutria, pero, sin embargo, quería poner a prueba mis habilidades.

—Me gustaría recuperar yo misma el brazalete, tía Grassina —le espeté, a sabiendas de que más tarde no tendría valor para decirlo—. Quiero hablar yo con la nutria cuando la encontremos.

—Emma —soltó Eadric—, ¿te has vuelto loca?

—Pero ¿por qué? —cuestionó Grassina frunciendo el entrecejo—. Yo estaré contigo y la nutria no me hará daño. En cambio tú, siendo una rana, puedes correr peligro.

—Tengo un plan: quiero hacer un conjuro. Tú misma dijiste que tengo el don, el talento natural para la magia. Y si realmente lo tengo…

—¡No, no! —Eadric se atragantó con las palabras—. ¡Ni hablar! ¡Ya te lo he dicho: las nutrias se comen a las ranas!

—¡No sabrá que soy una rana! ¡Ya lo verás!

—Cuéntame cuál es tu plan —sugirió Grassina.

Nunca la había visto tan seria.

—Es muy sencillo: me haré pasar por el hada del pantano y le diré a la nutria que el brazalete es mío y que debe devolvérmelo. En este pantano no hay ninguna hada, ¿o sí, tía Grassina?

—Ninguna, que yo sepa, aunque no tengo mucha amistad con las hadas de por aquí.

—¡Eres una rana, Emma! —explotó Eadric—. ¿Cómo crees que podrás hacerte pasar por un hada?

—Eso no supone una dificultad —intervino Grassina—, porque las hadas son seres mágicos y pueden tomar la forma del animal que les apetezca. Yo he conocido a algunas con cuerpo de gato. ¿Por qué no, pues, un hada rana?

—¿Y por qué toda esta historia del hada del pantano, a fin de cuentas? —insistió Eadric.

—Porque la nutria no le entregaría el brazalete a una rana —expliqué—, pero apuesto a que sí se lo daría a un hada. Todo el mundo sabe que las hadas son muy desagradables cuando se enfadan.

—¿Y qué harás si la nutria se muere de risa? —refunfuñó Eadric.

—Haré un poquito de magia para convencerla de que hablo en serio. Ya tengo en mente varios conjuros.

—Quizá éste no sea el momento oportuno de recordarlo —apuntó Grassina—, pero algunos de tus conjuros no han salido del todo bien…

—Eso era antes. Ahora estoy pensando en los que había en el libro de Mudine; probaré con uno de ellos, o con varios, si hace falta.

—¿Y ése es todo el plan? —dijo Eadric—. ¡No dará resultado! Es demasiado sencillo.

—No estoy de acuerdo contigo, Eadric —comentó Grassina—. Los planes más sencillos suelen ser los mejores. Cuanto más complicado es un plan, más fácil es que algo salga mal. Pero, por otro lado, no me parece una buena idea, Emma. ¡Es demasiado peligroso! No tienes experiencia y ni siquiera practicas, como te he aconsejado.

—Lo sé y lo siento. Pero estoy segura de que todo irá bien.

—Tal vez —dijo Grassina—. Pero no es la mejor ocasión para poner a prueba tus dotes. Aunque los conjuros funcionaran, la nutria podría ser más rápida que tú. Lo siento, pero yo me haré cargo de este asunto.

No era fácil discutir con tía Grassina. Una vez que tomaba una decisión, ya no volvía a escuchar la opinión de los demás. Estaba resuelta a insistir cuando noté que ella tenía una mirada ausente y me di cuenta de que ya estaba tramando lo que iba a hacer.

Diecisiete

L legamos al río alrededor del mediodía y comprendimos que estábamos cerca de la nutria, porque multitud de centellas rojas, que refulgían como fuegos artificiales, recorrían la superficie de la escama. Seguimos el curso del río hasta donde se hallaba un viejo sauce semidesmoronado cerca de la orilla, aunque sus raíces se aferraban al resbaladizo barro que se desmenuzaba al paso de las aguas. Entonces la escama se puso de color rojo fuego... ¡Habíamos encontrado la madriguera de la nutria!

Eadric y yo asomamos la cabeza por el borde de la cesta mientras Grassina avanzaba un poco más. A lo largo de la orilla, rodeando la madriguera por todas partes, había un macizo de arbustos coronados de capullos de color azul pálido. Grassina sofocó un grito, dio media vuelta y se marchó río arriba para alejarse de las flores.

—¡Vaya, qué fastidio! —protestó, ya a cierta distancia, secándose el sudor que le perlaba el labio superior.

—¿Te encuentras bien? —le pregunté, al ver que había empalidecido.

—Sí, sí... —Se palpó la cara como si quisiera comprobarlo—. Pero no puedo acercarme más a la madriguera. Está rodeada de delfinios, ya lo has visto. Si llego a tocarlos...

—No entiendo nada —comentó Eadric—. ¿Tiene miedo de tocar las flores?

—Les tiene alergia.

—Me temo que no es alergia, Emma. Es una maldición que persigue a nuestra familia desde hace generaciones. Empezó con Hazel, la primera Bruja Verde.

—Pero mamá y tú me dijisteis que era alergia.

—No queríamos asustarte. Pero se trata de una maldición que recae sobre las mujeres de la familia el día que cumplen dieciséis años. Nos pareció que aún teníamos tiempo para contártelo.

—¿Y en qué consiste?

Mi tía se estremeció y puso cara de terror, pero nos lo explicó:

—La maldición convierte a la persona en un ser repugnante: el pelo se le reseca y la nariz se vuelve ganchuda y se agranda hasta llegar casi al mentón; la cara y el cuerpo se llenan de verrugas, la voz se convierte en un graznido y el carácter...

—¡Pero si parece que hablas de la abuela! ¿La maldición la volvió así de fea?

—Así es. Tu abuela no creía que la maldición fuera cierta, hasta que fue demasiado tarde.

Eadric se rascó la cabeza con la pata, con tanto ímpetu que estremeció la cesta, y preguntó:

—¿Y no hay manera de romper la maldición? Después de todo, sois una familia de brujas...

—Es una maldición muy antigua. Según cuentan, Hazel era una chica guapísima que a los quince años ya sabía bastante de brujería y, además, tenía muy buena mano para las plantas y criaba las flores más bellas de la región. En su decimosexto cumpleaños, celebró una gran fiesta e invitó a todos los príncipes, princesas, brujas y hadas de los alrededores. Al final de la velada, le dio a cada invitado un ramo de flores encantado, que les duraría toda la vida. Sin embargo, se habían colado algunos invitados imprevistos, y los ramos se acabaron. La última hada que salió del castillo no recibió más que una disculpa y maldijo a Hazel y a todas sus descendientes. Por desgracia, la maldición también provocaba muy mal carácter y Hazel se convirtió en una persona tan amargada que no hizo las paces con el hada. Cuando murió, ya no hubo remedio, y sus descendientes heredamos la maldición. Y como las hadas viven muchísimo tiempo, todavía nos afecta a nosotras. Después de cumplir los dieciséis años, ninguna mujer de nuestra familia se atreve a tocar una flor para no padecer el mismo destino que Hazel.

—¡Qué cosa tan terrible! —se lamentó Eadric—. Pero no te preocupes, Emma; nunca te regalaré flores después de que cumplas los dieciséis.

—Hombre, gracias —dije pensando que de cualquier modo no me las regalaría.

—¡Lo siento, Emma! —se disculpó Grassina retorciéndose angustiada las manos—. ¡No me atrevo a acercarme a esas flores!

—¿No puede quitarlas de en medio con un conjuro? —preguntó Eadric.

—No. Bastaría con pronunciar el hechizo para desatar la maldición.

—Bueno, no importa —la tranquilicé—. Ya te he dicho que quería hacerlo yo sola. Aunque si me ayudas a arreglarme un poco…

—¡Claro, claro! —Mi tía todavía parecía preocupada—. Me siento fatal, de verdad, porque es muy peligroso. Tenemos que tomar todas las precauciones… —Grassina asintió como si hubiera llegado a una decisión—. Bien, vamos allá. ¿En qué quieres que te ayude?

—Primero tenemos que encontrar algunas cosas.

Yo había pensado hacerme una falda de pétalos, pero Grassina no podía ayudarme por culpa de la maldición. De manera que recogimos unas hojas aterciopeladas con forma de corazón y buscamos los demás elementos del disfraz. Mi tía confeccionó unas bolsitas enrollando hojas más grandes y llenó una de ellas con savia de pino, otra con polvo de mica, procedente de una roca desportillada, y las demás con agujas de pino y telarañas. También encontré una ramita recta que no era demasiado gruesa ni demasiado larga y parecía hecha a la medida de mi mano.

En el meandro del río, las libélulas revoloteaban sobre el agua atareadas en sus propios quehaceres misteriosos. Grassina y yo esperamos en la orilla mientras Eadric conseguía algunos pares de alas y aprovechaba para tomar un tentempié. Yo estaba demasiado exaltada para comer.

Caminamos los tres hasta el borde de un prado y mi tía y yo nos sentamos en un peñasco bañado por el sol.

Eadric se entretuvo cazando más bichos. Traté de coserme yo misma la falda con el hilo de telaraña, pero la aguja se escurría entre mis dedos de rana y Grassina tuvo que hacer de costurera. Mientras ella cosía la falda, yo embadurné la punta de mi ramita con savia de pino y la recubrí con polvo de mica para que brillara como una varita mágica.

Una vez lista la varita, examiné las alas de libélula que había traído Eadric y aparté las más bonitas. Algunas eran demasiado grandes y otras demasiado pequeñas. Pero por fin escogí un par de color amarillo mantequilla, con rayas verde pálido; eran del tamaño ideal y, además, combinaban con el verde esmeralda de la falda.

Finalmente, me puse la falda y Grassina me pegó las alas a la espalda con otro brochazo de savia de pino. Se escurrieron un poco y, mientras estábamos arreglándolas, Eadric regresó con la panza hinchada por la comilona.

191

—¡Ya estoy lista! —anuncié, aunque las alas aún no estaban del todo en su sitio.

—Espera un momento —pidió Grassina.

Se quitó una cadena del cuello y me enseñó una bola de cristal engastada en filigranas de oro. Sopló sobre ella y su aliento empañó el cristal, que se tornó lechoso y opaco.

—Ahora tócala con la varita —dijo ofreciéndome la bola.

En cuanto la toqué, mi cara apareció en el cristal.

—Ya está —dijo la tía arrellanándose en el peñasco—. Ahora la bola está enfocada hacia ti y me enseñará todo lo que ocurra a tu alrededor. Estaré observándote desde aquí y, si veo que me necesitas, estaré contigo en un instante, con o sin maldición.

—Grassina... —balbucí.

—No te dejaré ir sola si no es así.

—A mí me parece bien —opinó Eadric—, pero yo pienso ir con ella.

—¡No! —exclamé—. ¡No surtirá efecto si hay alguien más presente!

Eadric alzó una mano para acallar mis protestas y me explicó:

—No iré contigo hasta la misma madriguera ni dejaré que la nutria me vea. Pero quiero asegurarme de que estás bien.

Me conmovió su preocupación. A veces se comportaba como un pelma, pero otras veces como un ángel. La verdad, nunca acabaría de entenderle.

Me despedí de Grassina después de prometerle que tendría cuidado y me encaminé hacia la madriguera de la nutria acompañada de Eadric, que parecía bastante alegre, pero a medida que nos acercábamos al río se puso taciturno.

—Se me ha ocurrido una cosa —comentó—: ¿Qué te parece si esperamos a que la nutria se marche y aprovechamos entonces para sacar el brazalete?

—¿Y arriesgarnos a que vuelva de repente? Estaríamos acorralados en la madriguera y nos comería apenas regresara.

—Cierto... pero ¿y si uno de los dos la distrae...?

—¡Ya lo hemos discutido, Eadric!

—Ya lo sé, pero opino que no debes arriesgarte. No eres invencible, ¿sabes? Además, yo tengo más experiencia; en cambio, tú nunca te has enfrentado a un dragón iracundo, ni a un duende desquiciado. No puedo evitarlo: estoy muy preocupado. Si te ocurre algo malo, seré un sapo solitario el resto de mi vida. Venga, dame el disfraz y yo me haré pasar por el hada del pantano.

No fue nada fácil contener la risa. La idea de ver a Eadric con la falda del hada era indescriptiblemente graciosa. Sin embargo, el ofrecimiento me conmovió una vez más.

—Eres muy gentil, Eadric, pero me temo que no podrá ser. Nadie se creería que tú eres el hada.

—No sé…

—Todo saldrá bien, Eadric. Sé lo que hago.

«O eso espero», pensé tratando de mostrarme optimista.

Pero ¿y si la nutria no me creía? ¿O si tía Grassina no llegaba a tiempo? No sería tan sólo una humillación peor que todas las anteriores, sino que si fracasaba, la nutria me comería de un bocado. Sin embargo, si tenía éxito, Eadric y yo volveríamos a ser humanos antes del anochecer. Todo mi futuro estaba en juego, pasara lo que pasase, si es que realmente tenía futuro…

El sol declinaba ya y proyectaba las sombras alargadas cuando avistamos la madriguera de la nutria. Estábamos tan concentrados en nuestro plan que dejamos de vigilar los alrededores, pero, de repente, oímos el golpeteo de unas pezuñas y apenas tuvimos tiempo de brincar para escondernos de un enorme perro blanco. Era el mismo que trató de comerme, el mismo que el viejo sapo espantó. Por la manera como olfateaba el aire, evidentemente había dado con nuestro rastro y no tardaría en descubrirnos, aunque nos agazapáramos entre la hierba.

—¿Qué vamos a hacer? —le pregunté a Eadric—. Si nos metemos en el agua arruinaré el disfraz y tendré que hacerlo todo otra vez.

—No te preocupes. Yo me encargaré de él. Tú busca la madriguera debajo de las raíces del sauce. Nos encontraremos otra vez aquí en cuanto me deshaga del perro. ¡Y no olvides traer el brazalete!

Sin decir una palabra más, Eadric saltó del escondite y aterrizó justo a la vista del perro.

—¡Hola, perrito! —gritó—. ¡Estoy aquí!

El perro dejó de husmear el suelo y alzó la cabeza al instante. Eadric se puso a brincar de aquí para allá tratando de atraer su atención. Me estremecí cuando vi que el animal lo había detectado y se lanzó tras él meneando el rabo tan rápido que ni se le distinguía.

—Conque estás ahí, ¿eh? ¡Te he estado buscando por todas partes! —Eadric pegó un salto y saltó a una velocidad increíble—. ¡Oye! —gimió el perro—. ¡Espérame!

Los dos se alejaron por el camino antes de que yo lograra reaccionar. Estuve tentada de ir tras ellos para evitar que Eadric se sacrificara por mí, pero comprendí que sería inútil y ya era demasiado tarde. Mi compañero realmente brincaba más rápido que yo y nunca lo alcanzaría, por lo tanto lo único que podía hacer era seguir adelante con el plan y recuperar el brazalete. Si ambos teníamos suerte, volveríamos a encontrarnos en el pastizal.

Traté de concentrarme, aunque continué pensando

en mi amigo. Creía conocerlo bastante bien después de nuestras aventuras, pero nunca había imaginado que fuera tan valiente. ¡Así era él, ni más ni menos! Por primera vez, se me ocurrió que quizá sus hazañas no eran tan sólo un farol.

Intentando buscar alguna señal de él o del perro, salí del pastizal, fui hasta el sauce y me senté junto a la semioculta entrada de la madriguera. La nutria no tardó en asomar la cabeza con un pez entre las fauces, pero en cuanto me vio, abrió los ojos de par en par y abrió la boca. El pez cayó al suelo y se revolcó tratando de respirar.

—¿Quién diablos eres tú? —preguntó la nutria.

—¡Soy el hada del pantano! —anuncié confiando en que mi voz sonara convincente.

—No me digas. A mí me pareces una rana y eso quiere decir que llegas a tiempo para la cena. Me encantan las comidas copiosas y siempre cabe algo más en el estómago.

—No seas impertinente —dije estirando el cuello con arrogancia—. A las hadas nos sientan fatal los insultos. Estoy aquí porque tienes algo que me pertenece.

—¿De veras? ¿Y qué es?

—El brazalete que encontraste en el estanque. ¡Quiero que me lo devuelvas!

La nutria soltó una risita aguda que parecía el gorjeo de un pájaro tan vulgar que, en otras circunstancias, me habría hecho sonreír.

—Lo siento mucho, pero no pienso devolverte nada. Además, dame alguna prueba de que eres el hada del bosque en vez del segundo plato de mi cena.

195

—¡Tú te lo has buscado! —exclamé, y arrojé al aire un puñado de polvo de mica para impresionarla con el brillo de las esquirlas.

La nutria retrocedió haciendo una mueca y se quitó el polvo de los ojos con la pata. Yo tosí y me limpié también porque, como no había tenido en cuenta la brisa que soplaba, la mitad del polvo me había caído a mí también en la cara.

Con los ojos todavía llorosos, apunté a la nutria con la varita mágica. ¡Menos mal que no tenía que leer el conjuro que me había aprendido en la cabaña de Vannabe! Así pues, recité:

¡Vete de aquí, color descolorido!
Quiero algo nuevo, que no esté podrido.
Largo y radiante, rizado y lustroso,
un pelo nuevo, no una piel de oso.

El conjuro «Cambia tu pelo» no estaba pensado para una nutria, así que decidí hacer algún retoque:

Que dure por siempre, terso como el tul.
¡Pelo o pelaje, lo quiero azul!

Con un relámpago azul y un tenue redoble de címbalos, el color del pelo de la nutria se volvió de un bonito tono turquesa.

—¡Aaaah! —gritó—. ¿Por qué me has hecho esto!

—Yo diría que me has pedido una prueba convincente, ¿verdad? ¿Crees ahora que soy el hada del pantano, o no?

—No sé si eres un hada o una rana emperifollada —rezongó—, pero no pienso darte el brazalete. Además, ¿para qué lo quieres? ¡Es demasiado grande para ti! ¡Olvídalo!

—¿Tal vez te gustaría que te dejara sin pelo? —dije jactándome—. Tendrías bastante frío en invierno...

La nutria se contempló su grueso pelaje azulado y se echó a temblar de pies a cabeza. Aunque no parecía en absoluto contenta, levantó la vista y me dijo, resignada:

—Así no se puede pactar. Espera aquí; te traeré tu dichoso brazalete. De cualquier modo titila toda la noche y no me deja dormir.

Esperé a que se metiera en la madriguera y me abracé a mí misma saltando de alegría. La nutria estuvo un rato escarbando en el túnel y salió por fin con el hocico salpicado de barro; frunció el entrecejo, malhumorada, y empujó el brazalete hacia mí. Pensé en ponérmelo como un collar, porque era más ancho que mi cabeza, pero me dio miedo estrangularme si de repente me convertía en chica. Nada ocurriría hasta que le diera otro beso a Eadric, pero el mero hecho de tener el brazalete entre las manos me ponía nerviosa. Al fin y al cabo la vez anterior ya había ocurrido algo inesperado. Así pues, me lo quedé mirando de hito en hito sin saber qué hacer.

—¿Y bien? —dijo la nutria—. ¿Algo más?

—No, no, nada —repuse, y retrocedí—. Puedes volver a tus asuntos, nutria del arroyo.

—Vaya, vaya... —rezongó la nutria rascándose la cabeza—. No sé si serás un hada, pero eres muy extraña.

197

Agarré el brazalete con las dos manos y regresé saltando hasta el pastizal, donde me había despedido de Eadric, pero no estaba por ninguna parte. Lo llamé a voces, hasta que me di cuenta de que era una insensatez, pues sólo conseguiría alertar al perro, si todavía andaba por ahí. Éramos todavía sapo y rana y había que andarse con cuidado. Esperé una eternidad en el pastizal, agazapada y cada vez más inquieta, hasta que oí cómo unas patas rebotaban en el barro húmedo. Estuve a punto de dar un grito.

—¡Lo conseguiste! ¡Estaba seguro de que lo lograrías!

Volví la cabeza en redondo y las rodillas me temblaron de alivio.

—¡Eadric! ¡Estás aquí! ¿Cómo has escapado del perro?

Él sonrió orondo, se dio un golpecito en el pecho y dijo:

—Nadando más rápido que él. ¡Ningún perro puede vencerme en el agua!

Sonreí de oreja a oreja y le di un gran abrazo de rana.

—¡Estaba muriéndome de preocupación!

—¿Por qué? Te dije que nos encontraríamos aquí. ¡Ahora ponte otra vez el brazalete y no lo pierdas!

—¿Está todo en orden? —Tía Grassina se abría paso a grandes zancadas por entre la hierba.

—¡Todo en orden! —asentí sin dejar de sonreír—. ¡Salió perfecto! ¡Mira, aquí tengo el brazalete!

Era tan grande que tuve que levantarlo con ambas manos para enseñárselo.

Ella sonrió con aire ausente, como si estuviera pensando en otra cosa, y comentó:

—Lo sé. Te vi cómo convencías a la nutria. Estuviste estupenda.

—Tal vez tendríamos que alejarnos un poco más antes de hacer la prueba. Por si acaso la nutria cambia de opinión.

—Buena idea —dijo Grassina—. Aunque no creo que haya peligro... Bueno, disculpad, vuelvo enseguida. No sé qué es, pero esa nutria...

Echó a andar como una sonámbula, sin reparar en que se le clavaban las espinas de una zarza. Eadric me agarró del brazo cuando me disponía a ir tras ella para hacerla volver.

—¡Vamos! ¡¡Hagámoslo de una vez!!

—Está bien. Pero en cuanto seamos humanos iremos tras ella. Está muy rara...

—¡Alto ahí! —ordenó una voz autoritaria.

Una luz centelleante descendió hasta el suelo, se alzó en un remolino y cobró la forma de un hada, de cabellos azules, con algunas canas, y ojos de color violeta en los que se notaba cierto cansancio y algún fastidio; dos enormes alas iridiscentes, de color violeta y malva, se agitaban a sus espaldas, y la larga falda de pétalos de flores, cuyo dobladillo estaba ajado y embarrado, le crujía al caminar. Se inclinó hasta nosotros y, extendiendo una mano hacia mí, dijo:

—¡Ese brazalete me pertenece!

—¿Quién eres? —pregunté sofocando un grito.

—¡Soy el hada del pantano! ¡La verdadera, la única, la inimitable hada del pantano! ¡Me han contado que te haces pasar por mí! ¿Adónde vamos a parar? Se va una de vacaciones por una o dos décadas, y enseguida todos aprovechan la oportunidad... ¿No te da vergüenza? ¡Tendrás que pagarme una multa! ¡Dame ese brazalete!

—¿Por qué lo quieres? —dije retrocediendo.

El hada me repasó de arriba abajo, como si yo estuviera escondiendo algo.

—Porque no creo que tengas ninguna otra cosa de valor. Me pagarás la multa con él.

—¡No puedo dártelo! ¡Espera! —dije aferrándome al brazalete—. ¡Lo necesitamos! ¿No querrías alguna otra cosa?

—No, ni pensarlo. No me interesa una camada de renacuajos, si es lo que pensabas ofrecerme. ¡Dame el brazalete y largo de aquí!

Era imposible dárselo. ¡Estábamos a punto de conseguir nuestro propósito! Asustadísima, me giré hacia Eadric y mis ojos tropezaron con el botellín de aliento del dragón.

—¡Ya lo tengo! ¡Eadric, date vuelta! —Desaté a toda velocidad el cordel para liberar el botellín.

—Tú dijiste que no había ninguna hada del pantano —me susurró Eadric.

—¡Yo no sabía que existía! —le susurré.

—¿Y cómo sabemos si es...?

—¡Ni una palabra más, Eadric! ¡No nos metas en más líos!

—¡Os estoy oyendo! —canturreó el hada—. ¿No os han enseñado que murmurar es de mala educación? ¡Os multaré también por eso!

—¡Oh, lo siento! —me lamenté—. Mira, ¿qué tal si te damos esto en vez del brazalete?

Sostuve en alto el botellín para que viera el torbellino de colores bajo el sol.

—¿Qué es? —preguntó, escéptica.

—Es un botellín de aliento de dragón. Es muy valioso, según tengo entendido.

—¿Aliento de dragón? ¡Hace años que está agotado! ¡Dámelo, déjame verlo!

Estiré un brazo para darle el botellín, pero mis manos eran torpes y me resbaló entre los dedos. El corazón se me subió a la garganta cuando el botellín le aterrizó sobre un pie.

—¡Ay! ¡Ay! ¡Ay! —chilló mientras se masajeaba el pie y daba saltitos con el otro—. ¡Me has hecho daño! ¡Ay! ¡Ay! ¡Ay!

201

Eadric y yo brincamos detrás de un matojo antes de que nos diera un pisotón.

—¡Cuánto lo siento! —me excusé sintiéndome una estúpida—. ¡No lo he hecho a propósito!

—¿Qué más da? —dijo Eadric—. ¡Quizá el botellín estaba roto!

El hada le lanzó una mirada feroz. Prescindiendo de mi amigo, me arrojé a la hierba y recogí el botellín. Cuando se lo ofrecí, ella me lo arrebató de la mano y me miró también iracunda.

Lo destapó y lo olfateó con desconfianza. Rápidamente, la cara se le puso de color verde brillante y empezó a toser, de modo que repuso el tapón a toda prisa.

—¡Caramba! ¡Qué pestazo! Es aliento de dragón, no cabe duda; lo aceptaré en pago por la multa. Se lo daré a un dragón amigo que está viejo y gordo y lleva años sin aliento. Será un magnífico regalo de cumpleaños. Pero todavía me debéis la otra multa; dos más, en realidad. Una por murmurar a mis espaldas y la otra por dejarme caer el botellín en el pie. ¿Qué más tenéis para mí?

—Pues, nada, aparte del brazalete…

—Entonces dámelo ya. Es precioso…

El hada me lo agarró y sonrió complacida cuando, al girarlo y agitarlo en el aire, los pequeños símbolos destellaron a la luz del sol.

—¡Lo necesitamos! —gimió Eadric—. ¡Si no nos lo das seremos sapo y rana para siempre!

—¿De verdad? —se extrañó el hada—. A ver, explícame por qué.

Yo no quería contarle nada, pero Eadric ya había dicho demasiado. No podía irnos peor por contarle el resto.

—Yo era una chica hasta que le di un beso a Eadric, pero como llevaba puesto el brazalete…

El hada abrió los ojos como platos.

—¿Este brazalete te convirtió en rana?

—Exacto, es un…

—¡Toma! ¡Llévatelo! —gritó lanzándomelo—. ¡Lo único que me faltaría es convertirme en rana! Figúrate, yo, sin pelo, toda babosa…

—¡Eh, oiga! —dijo Eadric enfadándose.

Le di un codazo en el estómago por miedo a que dijera una impertinencia.

—Pues no podemos darte nada más.

—No importa —replicó el hada dando un paso

atrás—. Me contentaré con el aliento de dragón. Si prometes que nunca más te harás pasar por mí, te perdonaré las otras multas y quedaremos en paz.

—¡Lo prometo! ¡Lo prometo!

Eadric y yo nos alejamos del río como si el dragón estuviera pisándonos los talones; saltamos un zarzal y nos refugiamos en otro prado, antes de que el hada pudiera decir «rana, rana, ranita» tres veces.

—¿Te importaría ponértelo ahora? —preguntó Eadric todavía jadeando—. No quiero presionarte, pero quién sabe que pasará si esperas más.

—Espera un momento —dije, y dejé el brazalete en el suelo. Aunque la pulsera no había cambiado de tamaño la vez anterior, quería tomar mis precauciones. Así que me senté, me lo puse en la muñeca y tamborileé en el suelo con los dedos del pie.

—Ven a sentarte aquí, Eadric.

Acudió a mi lado a toda prisa y, entreabriendo los labios, me dijo:

—Listo.

—¡Ojalá funcione!

Crucé los dedos y me incliné para besarlo.

Por el rabillo del ojo distinguí al perro blanco trotando por el prado, con el hocico muy levantado husmeando el aire. Una golondrina alzó el vuelo a sus pies, pero la bestia movía la cabeza de un lado a otro buscando un rastro, ajeno a todo lo demás. Así pues, cerré los ojos y besé a Eadric aplastándole los labios. Como no pasó nada y él agachó la cabeza, desalentado, me entraron ganas de llorar.

La brisa transportó nuestro olorcillo hasta donde se

203

hallaba el perro. Éste irguió las orejas, giró la cabeza y trotó hacia nosotros meneando la cola como un banderín. Ya me resignaba a una muerte segura cuando sentí el típico hormigueo en los dedos de las manos y los pies; se propagó por piernas y brazos y el escalofrío me recorrió de arriba abajo, seguido del dulce vértigo dorado. Una vez más, sentí la cabeza ligera y llena de burbujas; una vez más, el tremendo ventarrón me arrojó al suelo y la nube gris me cubrió los ojos. Pero todavía tuve tiempo de mirar al perro y ver que él también se desplomaba.

Dieciocho

C uando desperté, la cabeza todavía me daba vueltas y no conseguía enfocar la vista. Poco a poco fui recobrándola, pero todo parecía diferente; por ejemplo, los colores eran más opacos y no había tantos. Meneé la cabeza, molesta por un extraño zumbido que amortiguaba los sonidos de alrededor, y mirándome de arriba abajo, vi que llevaba la misma ropa que el día que me había convertido en rana. El vestido y la túnica estaban un poco embarrados, pero no mucho más que cuando había besado a Eadric, y mis zapatitos de cuero seguían húmedos y cubiertos de barro todavía fresco.

Oí un ruido y me volví hacia Eadric, que luchaba por levantarse. Llevaba puesta una gruesa capa de viaje y las botas estaban salpicadas de lodo; unos enredadísimos rizos castaños le enmarcaban la acusada quijada; los ojos eran risueños y la nariz, tan prominente como la mía. Era algo rollizo y no muy alto, pero me pareció el hombre más guapo que había visto en mi vida.

Me miró sonriendo de oreja a oreja y, soltando una carcajada, exclamó:

—¡Lo hemos conseguido!

—¡Por fin! —asentí yo.

En los últimos días había estado tantas veces al filo de la muerte que me sentía casi mareada por la emoción al haber recuperado la forma humana.

—Eres muy guapa, Emma.

—Tú también.

—¿No quieres quitarte esas alas?

Se inclinó detrás de mí y me arrancó algo del vestido: sostenía en las manos las alas de libélula, ya rotas y descoloridas.

—¡Dámelas! —Se las arrebaté—. ¡Pienso guardarlas siempre!

—¿Para qué? ¡No merece la pena!

—¿Cómo puedes decir semejante cosa? ¡Parecía el hada más hermosa del pantano con ellas puestas!

Me levanté y noté los miembros rígidos y adormecidos; di un paso al frente, tropecé con mis propios pies y caí en brazos de Eadric. Le apoyé la cabeza en un hombro y él me acunó y me miró a los ojos.

—Estaba a punto de pedirte que me dieras otro beso —dijo con un brillito en los ojos.

—Nunca te das por vencido, ¿eh? Pues, ¡lo siento! No pienso besar a nadie más hasta que le devuelva esto a tía Grassina. —Levanté el brazalete y lo hice tintinear junto a su oreja—. No quiero…

—Correr ningún riesgo.

—Si no tenemos cuidado, acabaremos terminando el uno las frases del otro, como *Clifford* y *Louise*.

—¿Como quiénes?

—Dejémoslo. Ya te lo contaré en otra ocasión.

206

A todo esto, percibimos el resoplido de un animal a nuestras espaldas. Nos volvimos aterrados, como si hubiéramos oído rugir a un dragón, pero se trataba de un caballo blanco, de crin plateada, que yacía de costado en el suelo y trataba de ponerse en pie. Iba ensillado con una montura principesca.

—¡Eadric! —relinchó—. ¿Por qué huías de mí?

—¿Eres *País*? —cuestionó Eadric, protegiéndose del sol con la mano para verlo mejor—. ¿Eres tú?

—¿*País*, has dicho? —pregunté.

—¡Es *País de Sol*, mi caballo! Lo até a un árbol para ir a buscar la mandrágora y fue entonces cuando topé con Mudine. ¡He estado muy preocupado por ti, *País*!

El caballo piafó, dio un empellón y se puso en pie con las patas temblorosas.

—¡Jo, me duele todo! —rezongó.

Volvió a resoplar y miró a Eadric, que me dejó caer al suelo y se puso también de pie.

—¡Oye! —dije tratando de sentarme—. ¡Mira lo que haces!

—¡Ay, perdona! ¡Es que es *País*!

Miré al caballo otra vez y me resultó extrañamente familiar.

—¡Eh, está donde se hallaba el perro cuando nos dimos el beso! —comenté—. ¡Es el perro blanco que nos perseguía!

—No creerás que Mudine le lanzó también un conjuro, ¿o quizá sí?

—¡Es posible! Tal vez por eso nos buscaba.

Eadric se acercó trastabillando a su caballo y le dijo:

—¡Ay, *País*, siempre supe que eras el más leal de los

207

caballos! ¡Querías estar conmigo, aunque yo fuera un sapo!

Suspiró y lo abrazó por el cuello. *País* se le recostó en un hombro y casi lo tiró de espaldas; volvió a resoplar y le despeinó los rizos castaños a su amo.

—¡Te he buscado por todas partes! Yo vi cómo esa mujer te convirtió en sapo, pero luego me hechizó a mí también. ¡Me convirtió en perro, Eadric! No te imaginas por lo que he pasado. ¡Sentía ganas de olerlo todo! Y comía cosas asquerosas, aunque no me apetecían, pero no podía evitarlo. No sabes cuánto me alegra haberte encontrado. Estaba convencido de que en cuanto te hallara todo iría bien. ¡No vuelvas a abandonarme nunca!

—Todo saldrá de maravilla, *País*. Ya he vuelto —lo tranquilizó Eadric dándole otro abrazo.

—Te apuesto a que *País* te daría un beso si se lo pides —le sugerí sonriendo a mi amigo, y yo también solté un resoplido muy poco apropiado para una dama.

—No me atrevo. Con toda la magia que hay en el ambiente, quién sabe qué podría ocurrir.

—Hablando de magia… tenemos que ir a buscar a mi tía. Estaba muy rara… ¡Parecía que la hubieran encantado! Además, se fue en dirección a las flores…

Eché a andar por el prado y Eadric vino tras de mí llevando de las riendas a *País*. Tenía la impresión de que estábamos en otro mundo, pues lo veía todo mucho más pequeño que cuando era rana: las hierbas que antes nos tapaban el sol me llegaban a las corvas y casi no reconocí el pastizal, que me rozaba las rodillas. Era desconcertante verlo todo tan distinto. Noté que Eadric también estaba perplejo cuando se restregó los ojos ante una mariposa; un momento antes nos habría parecido enorme, pero ahora era de un tamaño regular.

Oímos voces cuando nos acercamos al sauce e incluso creí que era la risa de Grassina. Convencí a Eadric para que atara al caballo a una rama, me remangué el vestido y, tropezando por el escabroso terreno, enfilé hacia donde debía de estar mi tía. Pasamos por delante de la madriguera de la nutria, todavía siguiendo el rumor de las voces, y nos encaramamos a unas rocas que sobresalían de la orilla. Grassina estaba justo detrás de ellas, con la nutria enroscada a sus pies; alzó la vista al oírnos llegar y me quedé mirándola perpleja: sonreía con franca alegría y sus ojos brillaban de felicidad.

—¡No era un sapo! —dijo acariciando la pata de la nutria—. Por eso no logré encontrarlo. ¡Y pensar que los besé a todos! ¡Mamá lo convirtió en nutria! Emma, Eadric, os presento a Haywood, ¡mi prometido!

Haywood apartó los ojos de Grassina con pesar y, contemplando a Emma, exclamó:

—¡Así que tú eres la sobrina de Grassina! ¡Pero si sois idénticas! Y tú debes de ser su novio, Eadric. Ella me ha contado mil cosas de vosotros.

—No soy su novio exactamente —dijo Eadric, y me lanzó una mirada.

—Vi a Haywood en la bola de cristal —explicó mi tía— y tuve el presentimiento de que la nutria era él. Me ocurrió lo mismo que cuando alguien va a mi cuarto y sé quién es antes de que llame a la puerta. Luego vine a observarlo de cerca… Y comprobé que el encantamiento había cambiado su apariencia, pero no su espíritu.

209

—Si tiene esa percepción, ¿por qué cuando nosotros fuimos a verla, no supo quiénes éramos? —preguntó Eadric, indignado—. Emma tuvo que contarle toda la historia, y aun así usted no estaba segura.

—El corazón me decía que era Emma, pero mi cerebro respondía que no podía haberse convertido en rana. Yo misma le había dado el brazalete, así que no me parecía factible. Pero, esta vez, confío en mi corazón, y me dice que éste es el mismo Haywood, al que mi madre hizo desaparecer.

—Me temo que he envejecido un poco —dijo la nutria acariciándole la mano con la pata.

—No serás más viejo que yo.

—Querida Grassina —replicó la nutria mirándola a los ojos—, cómo me gustaría que las cosas fueran como antes. No he dejado de desearlo ni un día en todos estos años. ¿Crees que existe alguna posibilidad?

—¡Ay, Haywood! ¡Es lo que más quisiera en el mundo!

—¡Pues daos un beso! —sugirió Eadric mirándome de reojo—. A ver qué pasa. —Al percatarse de mi cara de sorpresa, añadió—: A nosotros nos fue bien, ¿no?

—¡La primera vez no! Tía Grassina, no llevarás puesto otro brazalete para revertir conjuros, ¿verdad? ¿O algún collar? ¿O algo por el estilo?

—No, Emma, no creo…

—¿Entonces a qué esperáis? —los incitó Eadric, balanceándose como un tentetieso, como si también él estuviera impaciente.

—A nada… —replicó mi tía.

Entonces ella se inclinó hacia la nutria hasta que sus

bocas estuvieron a unos centímetros de distancia. Sus rostros quedaron tapados tras la cabellera de mi tía y, cuando por fin se separaron, ambos se miraban con ojos soñadores. Esperamos un ratito, atentos a alguna señal de la transformación de Haywood... Aguardamos un poco más, pero no se produjo ningún cambio. Haywood agachó la cabeza, abatido, y Grassina suspiró.

—Ya me imaginaba que no nos saldríamos con la nuestra —comentó él—, pero tenía la esperanza...

Hacía apenas unas semanas, me habría resultado francamente extraño ver a mi tía mirando a una nutria con tanto amor, pero después de mi breve vida de rana, me sentía mucho más solidaria.

—¡Ya sé qué podemos hacer! —grité, exaltada, después de tanta inactividad. Todos se volvieron a mirarme y, convencida de que estaba en lo cierto, insistí—: Haywood, ¿te indicó la abuela qué tenías que hacer para librarte del encantamiento?

—Sí me lo dijo, pero ha pasado mucho tiempo... Tenía algo que ver con un botellín de aliento de dragón y la concha de unas caracolas.

—¡Jo! —renegué—. ¡Ya sabía yo que echaríamos de menos la botellita! Pero no importa. Si una bruja hace un conjuro también puede deshacerlo, así que lo único que tenéis que hacer es hablar con la abuela.

—¿Tú crees que nos ayudará? —preguntó Haywood—. Dudo que le caiga mejor ahora que antes.

—Nos ayudará, ya verás. Pero hay que planteárselo con astucia. Veréis, cada vez que vamos a visitarla se queja de que sólo tiene una nieta, que soy yo. Pero si Haywood vuelve a ser humano y os casáis...

211

—¡Podrá tener muchos más nietos! —exclamó Eadric—. A no ser que vosotros ya no estéis para…

—¡Eadric, por favor! —Grassina se puso roja como un tomate. Nunca la había visto ruborizarse tanto.

—¡Creo que Emma ha tenido una idea fantástica! —aseguró Haywood—. Cuando Grassina y yo nos casemos, tengo la intención de volver a estudiar y quizá montemos un consultorio juntos, ¡tal como planeábamos!

Ambos volvieron a mirarse a los ojos y comprendí que Eadric y yo estábamos de más. Sin embargo, había algo que debía hacer antes de marcharme.

—Toma, tía Grassina. —Y le entregué el brazalete—. Es precioso, pero me temo que ya no me sentiré cómoda con él.

212

—Te comprendo, sobrina. —Apartó los ojos de su enamorado un instante y metió el brazalete en la bolsa que llevaba atada a la cintura.

—Si ahora beso a alguien… —insinué.

—¿Eh? Ah, no, ya no te convertirás en nada.

—¡Por fin soy libre! ¡Qué bien! Sólo una pregunta más, tía: ¿por qué Eadric y yo todavía entendemos a los animales, aunque ya somos humanos?

—Porque ambos habéis sido animales también. Tú conservarás esa habilidad porque eres bruja, pero Eadric puede perderla si no practica a menudo. ¿Alguna pregunta más?

La tía me guiñó el ojo y entendí al momento la indirecta.

—¡Nada en absoluto! Ven conmigo, Eadric. Nos vamos.

Habría preferido salir de escena con elegancia, pero Eadric y yo estábamos tan magullados que tuvimos que apoyarnos el uno en el otro al subir la cuesta. Ya en la cima, vimos un pequeño corazón tallado en la corteza de una vieja encina, dentro del cual habían escrito: «Grassina y Haywood, para toda la vida». Comprendí que Haywood había extrañado a su enamorada tanto como ella a él.

Ahora que conocía la verdadera historia del prometido de mi tía, reparé en ciertos detalles que no había observado antes. Después de dejar atrás la madriguera, de camino a donde aguardaba *País de Sol*, había un cuadrado de hierba seca que parecía la alfombrilla de un portón; más allá, un banco rudimentario, hecho de ramitas amontonadas, y en la ladera de la colina, crecían plantas de lavanda, romero y tomillo. Pese a haberse convertido en nutria, Haywood se había tomado el trabajo de hacerse una madriguera en cierto modo humana.

Recogimos a *País* y volvimos remoloneando por el borde del río. Estábamos demasiado doloridos para andar más rápido y, al cabo de un trecho, nos detuvimos a estirar nuestros pobres músculos.

—¿Qué va a ser de nosotros? —preguntó Eadric moviendo los hombros para aflojar la tensión.

—Yo pienso retomar algunas cosas que tengo pendientes, ahora que todo está arreglado.

—¿Por ejemplo?

—Por ejemplo esto.

Le rodeé el cuello con los brazos y le di un beso. Él me miró con los ojos desorbitados. No fue un besito

213

furtivo como el que me había convertido en rana, ni desesperado, como el que le había dado para volver a ser humana, sino un beso lento y largo, dulce, tierno y delicado.

—¡Huy, huy! —exclamó Eadric, todavía con los ojos como dos tortas.

Mientras nos besábamos, él también me había abrazado. Era una sensación muy placentera.

—¡Lo mismo digo yo!

El beso me había gustado tanto como a él.

—¿Y ahora qué hacemos? —inquirió con mirada de pícaro.

—Ahora... Ahora pienso mandar que limpien el foso del castillo.

—¡Te casarás con el pelmazo de Jorge!

—¡Claro que no! Simplemente le diré a mamá que no quiero y, si insiste, la amenazaré con contarle todas mis aventuras de rana a los padres del príncipe. Ella no podría soportar semejante ridículo y, con un poco de suerte, él encontrará a su chica ideal, una que use su mismo número de zapatos.

—Pues tiene los pies muy pequeños, o sea que tardará en encontrarla.

—Seguro que lo conseguirá; esa clase de gente siempre se las arregla.

—¿Sabes?, estaba pensando... Tal vez podrías decirle a tu madre que quieres casarte con otra persona.

—¿Está usted proponiéndome matrimonio, príncipe Eadric?

—Si así fuera, ¿diría usted que sí, princesa Esmeralda?

—Quizá... Pero no pienso casarme enseguida porque tengo por delante una gran carrera como bruja. Ya es hora de que me ponga a desarrollar mis dones; me será muy útil, aunque decida casarme más adelante.

Durante mi vida de rana había aprendido muchas cosas, algunas de las cuales las había adivinado desde siempre. El pantano era un lugar de magia, donde la vida llegaba a su fin y volvía a comenzar por caminos misteriosos, había amigos y héroes insospechados, un lugar donde la propia vida era maravillosa, aun si eras una princesa tan torpe como yo.

Eadric me colocó un rizo rebelde detrás de la oreja y respondió:

—Vale. Pero prométeme que no me convertirás en una criatura repugnante si discutimos.

—Prometo no convertirte en nada que no te merezcas. Pero tendrás que dejarme venir de visita al pantano de vez en cuando.

—¿Eso te bastará para ser feliz?

—¡No sólo eso! Pero será un buen comienzo.

ESTE LIBRO UTILIZA EL TIPO ALDUS, QUE TOMA SU NOMBRE
DEL VANGUARDISTA IMPRESOR DEL RENACIMIENTO
ITALIANO ALDUS MANUTIUS. HERMANN ZAPF
DISEÑÓ EL TIPO ALDUS PARA LA IMPRENTA
STEMPEL EN 1954, COMO UNA RÉPLICA
MÁS LIGERA Y ELEGANTE DEL
POPULAR TIPO
PALATINO

* * *

* *

*

LA PRINCESA RANA SE ACABÓ DE IMPRIMIR
EN UN DÍA DE PRIMAVERA DE 2008,
EN LOS TALLERES DE BROSMAC, S. L.
CARRETERA VILLAVICIOSA - MÓSTOLES, KM 1
VILLAVICIOSA DE ODÓN
(MADRID)

* * *

* *

*